练习一个人

Days Before We Meet

陶立夏 著

湖南文艺出版社 HUNAN LITERATURE AND ART PUBLISHING HOUSE
博集天卷 CS-BOOKY

练习一个人

Contents

目录

终于开始做自己

Chapter 1

错的路和对的人

Chapter 2

安静吧，我的心

Chapter 3

再版手记

命运如此安排

白色鸢尾花在暮色渐浓时分送来，我从书房到厨房里找花瓶，才发觉一直没有开灯。回头见电脑屏幕照亮的那一方天地，就是我此时此刻的光明，也可以是此生此世。

夜晚与白天交替的片段是我夜盲症最严重的时候，远近高低都笼罩在灰色的迷雾里。在这模糊之中，心跳声反而会清晰起来。胸口涌过时间的涟漪，很多深埋的情绪刹那间水落石出。

我看见自己的心力像视力般越来越差，在社交上花去多少时间，之后就需要数倍时间的阅读和独处来弥补。加减乘除里，最难的就是这乘法。只能把应酬的时间归零，总推说自己要出门旅行。

我因为想要逃避看过了很多美景，在还没有失去信心的这个年龄。潇洒任性地对待过时间，消耗很多金钱。这也算幸运的事。

我的梦想是拥有一所没家具的房子，空空荡荡，写作的间隙可以在客厅骑自行车。朋友偶尔会来，来了坐地上聊天。稿费交完水电煤，够买一束花、一团红色毛线、几本杂志和一双平底鞋，再去喜欢的小餐馆吃碗面。你曾以为如果你对这个世界没有要求，那它也会如此对待你。可是现实是依旧耗费了很多言语在解释和拒绝上，并且常常徒劳无功。

和朋友说起人生中这些遗憾的事，他告诉我难以释怀的心结。十多年前在美国买到过一幅常玉的画，两尺见宽。不敢托运，也舍不得拿手里，于是卷起来放在登机箱内。机场要求例行开箱安检。等回到家，发现那幅画已经不在箱子里。他反复回忆，都不记得安检时有什么纰漏。后来的几年他继续关注拍卖动向，但那幅常玉的画再没有出现。

聚散有时，得失无常，命运如此安排。

我也因为旅行接触过许多海关人员，数英国的最爱聊天。那次到伦敦，护照中标注用的粉色便笺纸掉了，英国海关的工作人员从层层叠叠的旧签证页中好不容易找到有效的那一页，然后问：

What do you do for a living? 你以何为生？
I write books. 我写书。
Then you should write writer down here. 他在表格里帮我写下 writer（作家）这个词。

原来入境单的职业一项我又忘记填写。记得《练习一个人》初版上市前，我背着书包去北欧，入境单上职业一栏写的是：unemployed，无业。总是不想承认自己以写作为生，好像当个爱好的话，就永远有退路，有一天厌倦了，转身走向别处的时候像孩子遗弃一个玩具。可是我早已长大，无法继续仰仗他人的耐心与包容。只有大卫・鲍伊那样美好的人物才能在面对这个问题时侧着头腼腆地说：I am just visiting。我只是来玩。平凡如我，很多时候还是得面对。

所以我回答他：是，是可以这样说。自动门打开，另一个国度的冷空气扑面而来。我拖着行李大步迎上去，生怕一犹豫自动门会夹住我的影子，生怕一犹豫就要再次失去些许勇气。

等新版设计的间隙我去了南非，好望角风真大。然后又去东京，风依旧很大。风是时间快速经过的样子，这个联想的依据是这两样东西都肉眼不可见吧。可见我们如此留恋尘世，在无形无相的事物中也能找出关联。

我在好望角峭壁上的灯塔里，想象着巨浪翻涌间那条隔开两大洋的无形边界，眺望驶向深海的孤单风帆一往无前。既然这一生不羁放纵爱自由，那海阔天空中的你与我，努力不要改变。

在我们变老之前

有些事就像额角的发际线一样，毫无挽回余地。

这闲居的一年是我送给自己的礼物。

确实没有人随心所欲地活着，生命即束缚。但我们可以经由努力与取舍，让生活尽可能接近你想象中的模样。

书店里偶遇的陌生人要求给我看手相，他比画着我的生命线说：“这都是无形的命运的一部分。”而我，扳断掌纹线去往自己想去的地方。

不是怕来不及，是此时此刻，非如此不可。

终于开始做自己

Chapter 1

小宇宙

旅居香港的 Monica 是朋友的朋友，不曾见面前聊过几句，后来她回上海送我一只她制作的碗当见面礼，暗青蓝色的釉，有一条姜黄近枯的边。她说拿来盛一碗面，刚刚好。我道谢收下，默契地笑。

一个人住久了，会掌握很多尺度，比如说无论用多大的锅做面条吃，倒出来都正好是一碗。

“你过着我梦寐以求的生活。”不知底细的人曾在我的微博和 Instagram 上这样说。

我对人生没有计划，没有细数得到了什么，所以也不知道梦寐以求究竟是什么样的滋味。

直到开始失眠，它和稀少但是重复的梦境同时降临。我梦寐以求的正是“梦寐”本身。试了几种药都无效，但误打误撞之间，发现自己在旅途中睡得最熟。尤其是在前往非旅行热门地点的商务人士居多的国际长途班机上，因时区变换而跳脱时间限制的我，总可以在飞机离开跑道前睡过去。客途也同样好睡，那次从达拉斯音乐厅的听众席上醒来，某钢琴家正在弹舒曼的《梦幻曲》，惊觉自己已经好久没有睡得这样安稳。还有，达拉斯的音乐厅真冷啊。

有个德语单词是 Fernweh，无法翻译成对应的中文词语，意思是迫切想要去远方，对从未去过的陌生之地心怀乡愁般的痛楚眷恋。所以我就到处周游。

那次去犬山城当然是为着樱花满开，却在停车场角落遇到一株珍珠贝色的椿，虽写明名为“袖隐”，但总觉得它更像川濑敏郎在《一日一花》中说的“娑罗双树”。别人在拍累累坠坠的樱花，我蹲在暮色中看这株山椿，起身的时候，发现从此见山不是山。

斐济群岛中有一个岛叫 Sawusawu，那边的海湾产珍珠。

夜潜回来，已取下面罩准备攀上码头的木栈道，结果体力不支，脚下打滑呛了口水，潜下水去清洗口鼻的时候，发现水下是只巨型的贝壳。在手电的微光下，它的壳里藏着一个紫色的变幻莫测的宇宙。它不言不语看着我，我呆愣片刻回到岸上，没有与别人提及。

如果仔细想，还是会有尚未用文字记录下来的细节。那些并未被忘记只是不再记得的片段。

定义我们的，除却那些无法抑制的激情，还有这些无声但闪亮的片刻。但加西亚·马尔克斯曾说：“生命中曾经拥有的所有灿烂，终究都需要用寂寞来偿还。”

初春的泰国南部海，我游过钟乳石林立倒挂的洞穴，波光隐去后一片黑暗，划水的声音在空荡中回响，游过数十米后，豁然开朗，内里是一片浅滩，四面悬崖。我仰面躺在水里，潮汐渐涌，记忆也被带回，才想起曾在七年前来过这个岩洞。

距离我正式开始到处旅行，已经过去七年。时光倒转，不管当初犹豫的时候是否做过别的选择，我想最终都会走向这同一个方向。这无关运数的神秘，而有关更简单的答案：性格。它是密室里混沌执拗的困兽，生来盲目无明，却有天性能执着于自己的本心。

那一年失恋，后来写了本游记，把自己的心情和杜撰的情节都放在一起。失去音信数年之后，我们可以像普通朋友那样交谈，他说有人碰巧和他说起这本书来，他发现自己成为书中人物的刹那，觉得时间已过千万年那样久长。

如果过去重来一次我也未必会更好地爱他。我们责怪一个人，多少是带着希望对方醒悟改正的心。若我永不责备，那不是说我永不原谅，而是真的没有对错可以计较衡量。离弃是相互的事。

毕业后偶遇高中时候的同学，他说起和他同在篮球队的男孩子，在护腕内侧写满我的名字，还有被教科书盖住的桌面。他苦练球技，想要赢得我观看的每一场比赛。我就这样成了一个少年心底最热切的秘密，但我无知无觉。

后来他成长为一个普通的成年人，工作，失意，赌钱，欠债，与初恋女友分手。都与我无关。

这大概就是我和这个世界曾发生的关联。

我也曾以为有人等待的牵挂会是我想要的幸福，却逐渐知道那只是我不切实际的想象。就像有个妙人，你以为自己恋慕她，但山高水长，不必相见这恋慕才能成立。若太近，表达即成索取，守望类似囚禁。

有时我觉得感情不可将就，有时又觉得几十年怎么过区别都不大。但总体来说，我认为因追求完美而造成的暂时的缺憾，好过因容忍而造成的长久的不快。利用青春去做所有快乐的事，旅行，读书，逛街，和朋友聊天。有此白玉盏，何必青瓦盆。

“你时常一个人旅行，会觉得孤单吗？”这也是时常出现在留言里的问题。

按星座来说的话，我是十足的土象星座，固执与呆傻，一路走来，无论什么事都是咬牙皱眉不声不响拼尽全力的，只怕自己努力不够，徒留遗憾。所以少年时代就已为功课白过头发，青春年华为一个陌生人提供的幻觉白过头发。如今万水千山走遍了，终于可以一心一意，只为岁月染满头霜华。

如今的世界，最缺的是专注。炎夏不言不语吃一球冰激凌，不比环游了整个世界简单。所以专心致志与自己相处，不比拥抱整个宇宙来得轻易。

享受孤独却不觉寂寞，时常厌弃生活但对生命始终赤诚。孤独是很好的体验，因为它纯粹。但我怎么和你形容呢?

伤春悲秋的宋词名篇那么多，我最爱的还是姜夔那两句：淮南皓月冷千山，冥冥归去无人管。

写《寒食帖》的苏东坡不孤独吗? 但他有过荣华，声名遍天下，枯笔亦有盛姿。所以都知道他嗜肉，却不大知道他也曾说：人间有味是清欢。而姜夔与他的字，以及整个人生，不需玩味，它们就是孤独本身。

读到姜夔的词，再看他的字，就如同那天在达拉斯音乐厅的听众席醒来，懂了关于孤独的大半技巧。

你渐渐知道，这个世界并没有那么广大，相反它是由你的感知能力所定义，我们三岁时吃到的那块糖与三十岁时买到的那颗钻是一样的，它们带来的微光般绽开的喜悦是一样的，因为你的心是一样的。所以，太多的答案不在外面的那个世界，而在你的内里。沉潜于你的孤独，终有广阔的那天。

记得从岩洞出来，乘船离开，回头的时候发现洞边的岩石俨然是佛的侧面。他垂眸敛目，什么都没有说。那么，这狭小广阔宇宙，这纷繁枯寂三千世界，我们各自周游。

袖隐

太多的答案不在外面的那个世界，而在你的内里。

沉潜于你的孤独，终有广阔的那天。

你想要的自由

第一次独自远行还是在十多年前，母亲怕丢三落四的我将零用钱丢了，将一沓面额 50 英镑的现钞和信用卡一起缝在了外套前襟内。到机场才隐约想起有携带现金的数额限定，过海关时不停地下意识去触碰胸口微微的方形突起。如果从监控镜头看起来，一定像是在不停地轻轻抚摩自己的心脏。

后来随心所欲，越走越荒僻。

最爱仿佛没有尽头的国际航班，机舱里飘荡着乘客们的梦境，它们说不同语言带不同颜色，但有相同的温度，不多不少，比体温低 14 摄氏度，不多不少的精确最让人安心，所以总是能从起飞那刻沉沉睡到降落的广播响起。

盛夏时我寻找寒冷空气包围的城市，因为喜欢穿长大衣出门时雪落在肩头，特别有岁月荏苒之感。季节更迭，人事物俱非。我们不用花多少力气就可熬过这辈子似的。

冬天时我去热带，热到只知道流汗，花很艳，但都无味。大家忙着寻找阴凉，无暇思索更多的事，纷繁世事都须快刀斩乱麻般解决，或者干脆彼此装糊涂，相敬如宾地过日子。

当我熟悉的人们迎接黎明，我喜欢在夜色里静静感觉群山的鼻息。层峦叠嶂都藏在不见底的暗处，我是一个把脉的盲医。

那些停不下来，总是要远行的人，前世会不会是一只鸟？

但如果可以选择生肖属相，我想我应该属箱型水母吧，短短数月的生命都在泛着蓝光四处漂移，因为没有坚硬的骨骼所以对世界没有所谓既定观点，容易生出厌弃之心。这随时喷涌的厌倦发展成复杂无常的心态，对随意闯入自己领域的生物根不能格杀勿论。

所以我总是在寻找陌生的、更广阔的水域，期望在陌生感中获得短暂平静。屋角堆着尚未收拾妥当的行李，随身携带的小说里各种悲欢离合，飞往陌生城市的航班正要起飞。旅行让我可以穿梭在日常生活的边缘，避免了因一成不变而养成的麻木与困顿。

那晚我赶上了欧洲回亚洲的最后一班飞机，发现邻座的位置已全部拆除，帘幕后是一副装备精良的担架，看护按时更换点滴。舷窗外天色渐渐亮了，我这个陌生人与那个神情肃穆的看护一同陪这位远游在外多年的老人走完最后一段归家的旅程。

我又回到威尼斯，码头上熙来攘往都是假发浓妆的艺人，穿质料并不细致的华服，当有人靠近的时候，他们举起手中的面具来。尖且窄的、惨白的脸，日光下没有阴影。优美的、菱形的眼，是空空洞洞的一团黑色。死亡的暗影，在鸽群的翼下，遮天蔽日。亚平宁 8 月的阳光，仿佛冰一样冷。

我挣扎着惊醒，窗外晨曦终于刺破云层，刹那的金光让我眩晕，却清楚地知道了自己的决定，辞去风光稳妥的外企白领工作，漫无目的地过日子。

我自此再不问自己生命的意义是什么，就像我总在最后一刻才知自己要去向哪里。“向往”是多么美好的事，“得到”根本无法与之相提并论。我走过太多弯路，但人生要扼腕的事这么多，那实在算不上什么。

享受孤独却不觉寂寞，

时常厌弃生活但对生命始终赤诚。

山居岁月

8 月有太多决定要做，仿佛只有离开上海才能喘息。三十五岁前退休的计划做起来并不比想象中难多少，但也并不那么容易。因为每个选择都有取舍，而每个被放弃的选择都是一条仿佛埋着更多可能的路。

又一次站在岔路口的我，关掉心里那盏灯，去山里。

过去两年半的忙碌断裂成一组组慢镜头在眼前播放，然后淡去无踪。在山路上睡去的那一瞬，只记得天空中有一条硕大的雪白的鲸鱼，它在大声喊着什么。可能它也迷路了。

我们心无旁骛，以为能在暗中走出光亮来。

面对山谷的房间有宽敞的厨房与露台，松树林与木屋，一派北欧气息。尽管只是暂住，却已经在想象大雪时节重来。红泥小火炉，烹茶代酒。把那些琐事都留在山外面。坐下来，长长久久，写个关于隐遁和寻找的故事。

清晨太阳升起来之前，空气里有北欧针叶林的味道。

面对满目青山，真觉得自己有了陶渊明的胸怀。在山间漫步，夏虫依旧活跃着，不见丝毫疲乏。马厩也总是不会让我失望。棕色骏马俯视我的眼神，好像在说：你才来啊。

想不到就这样，迎来了秋天。

“冬是孤独，夏是离别，春是两者之间的桥梁，唯独秋，渗透所有的季节。”

入夜泳池边有乐队表演，天空燃起烟花。不知是否巧合，每逢内心变化总会遇到烟花，比如 2004 年夏天的 Bristol（布里斯托尔）港。近十年之后回望，发现已在不知不觉间实现那刻的愿望。再许个愿望吧，要按自己的意愿活着，与真实的自己和平相处。

烟花熄灭后我们去山脚的饭馆寻觅当地出产的冰啤酒，年轻的厨师又盛一碗盐水毛豆过来。

夜里天气变得凉爽，群山那墨绿色的呼吸，绵延无尽。等眼睛适应了黑暗再抬头，满天的星，我们就在银河下缓步走，又忍不住一再抬头，好像是怕这么美的星空突然消失不见。

只在马塞马拉草原与蒙古戈壁上，看过如此壮阔的星空。而那些旅途，都是多么久远的记忆了？

一颗流星突然擦过肩膀消失在山那边。

斗转星移。此刻的你还好吗，是在过着自己想要的生活吗？

“冬是孤独，夏是离别，春是两者之间的桥梁，
唯独秋，渗透所有的季节。”

卡车的颜色

如果你被空投到这家餐厅，会很难相信这是中国。除了服务生，没有一张中国面孔。卖得最好的意式通心粉，穿过重重等待的人墙，被送到露天的餐厅去。

我不大喜欢这样的场面，感觉又像被扔到了某个陌生的欧洲城市。所以，我小心翼翼地喝着一杯橙汁。

雅各布先生起身将阴影下的舒适座位让给我。

他如今是一个公益组织的义工。在这之前，他曾在德国担任法律顾问，那想必是一份薪俸优渥的工作。

问起他放弃工作的原因，他说：这个问题我可以很清楚地回答，因为我也想了很久。答案是：我不希望仅仅作为旁观者存在。

原来雅各布曾为一家公司拟订购买卡车的合约书。在完成所有法律条款后的某一天，雅各布突然想起来，这家公司应该已经买到了他们想要的卡车，而他十分想知道那些卡车是什么颜色的，它们会是红色的吗？它们漂亮吗？但他从事的职业根本不需要他知道这些。

就这样雅各布辞职了。

“我快四十了，人生很快不敢再做他想。”他摊手说。

晚上的梦里，梦见大学时代喜欢的男孩子。他看着，我正站在阳台栏杆上准备从很高很高的楼层跃下。

风从我发间呼啸而过。

不知道在下面等我的卡车，是什么颜色。

孤独于我，并不陌生

还没辞职的时候，下班前常在窗前往下看，夜幕中车流按时汇成红色的河。霓虹灯的眼眸虽疲惫，却彻夜都不会睡。街角 24 小时便利店的灯光也总是明亮如新，像这个城市里一段段得体开场又和平结束的都市恋情。

去过这么多地方之后，觉得上海大概是最适合我的城市。

作为上升双子血型 AB 的人，注定停不下来。在上海，我打两份工，外企白领和作者，还兼职为朋友开的店设计首饰。

文字曾经是我的慰藉，对我来说，再孤单再遥远，只要有一支笔一张纸，就能觉得安稳。它们是我与你之间的纽带，指引我走向你内心深处无人涉足的荒野。会突然很怀念那些写书的日子，放下窗帘，只喝水，不分晨昏，没日没夜地写。他们在书页里焦急地等我描绘他们的命运，偶然相遇，莫名心动，黯然神伤之间，万水千山走遍。

如今不大明白怎么就走到这里。

只是感觉自己一直在上速成班。工作的、人际的、感情的。

甚至买一辆颜色艳丽的车，仿佛一个陷入中年危机的男人。下班回住处的路上，过一个又一个红灯，如果太累，会在恍惚间以为自己的半辈子已经过去。其实不过正要开始。

只有到那时候，你才会哭。可到那时候，大概哭也没什么用。我们的人生，曾有很多次机会可以与现在不同，但我们都错过了。甚至是，心甘情愿地错过了。那日深夜，有个人问我：你愿意做决定吗？不用现在回答我，可以慢慢想。

原来，还有人愿意等我，已是这一生，值得炫耀的成绩。

a film by
bruce weber
and
flea
let's get lost
starring
chet baker

等我们某天终于厌倦追逐，才能相逢。

一种静默

在饭局、时尚活动、冗长工作会议结束的那刻，我只希望能在这停不下来的城市里，拥有安静的片刻。

所以我最大的爱好是抄写《心经》，这件事情背后没有任何深意，只是它如此耗费时间又安静得不会发出任何声音。

我把时间用在挑选毛笔上，一支支，细细打量笔杆曲直，笔锋长短，选材与承力位置都要配搭得宜，才算称手。到后来，发现用得最舒适的是在小城丰桥旅行时买的一支长锋狼毫，写秃之后托旅日的朋友再去买，得知制作这款毛笔的师傅已退隐归山。

这大概就是所谓一期一会的缘分。

有一天伦敦的设计师小友彭瑞球说：桃，寄几个你写的字给我。

我和球是在网络上认识的，闲来聊些关于猫咪与伦敦天气的话题。有一天她开始将生活中那些风干的碎屑封存在树胶里，做成胸针别在白衬衫上。我到伦敦看她那次，她送我一枚火柴胸针，连来不及熄灭的火星都还在。

我把那枚胸针别在大衣的衣襟，去了怀特岛，看那里的白色悬崖。阴冷的天色下，狂风呼啸。而我的衣襟有这簇永不熄灭的小火焰，始终觉得温暖。

当我处理完工作回到家中，深夜在灯下研墨写字，突然明白她做这些的全部心思。

因为我也更喜欢书写的过程而不是结果，甚至包括寻一支称手毛笔的过程。但凡事总有终结，就像我们屡屡试图挽留花开全盛之姿却从来只能遗憾一样。

就像在斯里兰卡旅行时，随处可见的佛像前总是摆满信徒们供奉的莲花与茉莉，它们有些经过精心编织，繁复郑重；有些是自己采摘的小花束，简单随心。它们都在佛陀的目光下泛黄枯萎，然后明日又会有新鲜的花束送来。

这就是生命的真相，滚滚红尘中无可阻止的轮回。喧嚣浮华背后注定的黯淡收场。生的每刻都无须贪恋，但又如此切肤，值得慎重对待。

而球的这些胸针，大概就是对这些过程中某个时刻的截取纪念。就像是，信徒们在默诵完毕后递上鲜花的那个手势。

它已经永远消失了，但也永远留了下来，成为串起永恒的无数瞬间中的一个。

我将《心经》寄去伦敦，后来球将那些字符一一融入树胶之中，制成独一无二再无可复制的胸针。宣纸在高温下消解，只留下朱砂字迹，悬浮于空茫之中。

终于无始也无终。

在无数客户会议的间隙看着球发来的照片，觉得每个忙乱的表象下或许还藏着另一个自我。他们安安静静地活在生活的另一面，为停不下来的我们努力保留着发光的片刻。等我们某天终于厌倦追逐，才能相逢。

而我已开始厌倦，我们玩的这个游戏。

有信

孩子总是喜爱马戏团，是不是因为只有在那里，才可以无害地见识到生命的盛大与无常？

上幼儿园的时候，妈妈带我去看马戏团表演，当作暖场表演的小丑大笑着过来拉我手的时候，我放声大哭起来。

威尼斯圣马可广场上穿华服喷香水的小丑，阿姆斯特丹大坝广场上踩高跷穿气球装的小丑，伦敦 Covent Garden（考文特花园）5 月木偶集市上衣衫褴褛、脚步蹒跚的酒鬼小丑。

我常常看见他们，独自站在无法辨认的街景中，回过头来的时候，脸颊上挂着大颗的泪珠。他们总是提醒我，我们不过是任性的孩子，能掌握在手里的幸福不过是一支冰激凌。在冰激凌融化前，你要学会藏好眼泪。

喜欢站在马戏团压轴表演的烟花中心抬头望，如同行走于灿烂星空。因为它短暂，所以总是全心全力欢呼。尽管不太可能，但还是要说，我想无忧无虑过完这一生。后来看到你的那瞬，仿佛有烟花盛开，我突然明白一些爱情故事是怎样发生的，并且会有怎样的结局。

我想，唯一能与得到的幸福感相媲美的，就是摆脱的轻松感。所以，得到与失去是如此形似的事，或许就是同一件事。

你知道吗？据说沙滩上的贝壳都是大海丢弃不要的碎屑，有个轰鸣的浪却想卷走我发现的一枚白色贝壳，追了好远才抢回来。整个沙滩都听见我对着大海怒吼：不许反悔啊，浑蛋！

你曾故意绕了远路送我回家。高架桥上的灯光在眼底，一晃而过。有时候，你的心像路书那么清楚。有时候，你的心仿佛迷宫没有尽头。所以我让风吹乱头发，什么都没有说。

我们并不需要成为最优秀最出色的人，只要遇见一个懂你的人就够了。问题在于，很多人错以为后者更加容易。分别后的梦境里，我一再回到那个清晨，看着我们在风中道别，中间隔两手宽的距离。但飘扬的衣角出卖了我，道出内心对你热切的向往与不舍。

If equal affection cannot be, let the more loving one be me.
若深情不能对等， 愿爱得更多的人是我。

——W.H. 奥登

今日凌晨的时候起了大风，恍惚间听见有无数只鸟在耳边振翅的声音。喜欢睡在风里，感觉像湍急溪流中一尾逆流而上的鱼，用静止的姿态穿越这川流不息的世界。起床时地板上白茫茫一片。原来是昨晚忘记给书桌上的一沓稿纸压镇纸，于是随着风势飞了满地，一直经过走廊铺到后面书房去。出门路过那几株开花的合欢树时宽松的麻上衣灌满风，像姜季泽离开曹七巧的那个早晨，他的白色绸衫里钻满白鸽子。

你也总是微笑，但是你的眼睛里有那么多东西，深广得如同河流。看着你的面容，仿佛在暮色四合的原野上眺望，风里微有凉意，内心骤生怅惘。后来想起来，不单爱情，人生里很多事情其实我们都只做了那一刻看来最正确的决定，而可以权衡的，绝不是爱情。6 月快要过去，梅雨季终于还是来了。

凉风有信。季节的变化正如人生里那些盛大与无常的交替。你顺应了，也就安静下来。

AUDEN

我想，唯一能与得到的幸福感相媲美的，

就是摆脱的轻松感。

所以，得到与失去是如此形似的事，或许就是同一件事。

一个旅人

我们都是内心坚定的人，所以决定穷尽一生追逐风景。大约 350 年前，南京是暖冬。

李日华在那天的日记里写：“入冬，连阴而暖，至是大澍雨，如春夏蒸溽时。”

曾经幼稚桀骜，以为如此热爱生活，必定无法接受它的残缺。后来才明白，这个世界是没有尽头的。

生死不能简单和生活混为一谈。生活也不能被简化为活着。

那日在南京禄口机场，我说：这可能是最后一次路过这座机场。分别时送给朋友戴尼尔一本二手的英文原版《夜航西飞》。“写点什么，”他要求道，“最好是绝望的句子，我受够了不切实际的温情。”于是我在扉页上用钢笔里最后一滴墨水写下这样的句子：

We fly a little every day. We die a little as well.

我们每天飞远一点，我们每天死掉一些。

戴尼尔看了之后说：“对，时间不多了，不要浪费。”他飞往新加坡，然后转机前往南美。我则开车回住处。

如今我已逐字逐句将《夜航西飞》译成中文，且中文译本也再版了精装本。

“一个理想主义者，应该听从自己的心。”戴尼尔听说以后这样回答。

那次分别一个月后，戴尼尔发短信来，离开南美的最后一天，他在布宜诺斯艾利斯的旅店里梦见我。我问：“你把书读完没有？”这么好的梦，可惜我是梦里的人，而非做梦的那个。

当他在平安夜登上马丘比丘的时候，我正和当时的老板唇枪舌剑谈工作，他要砍我的预算。看见戴尼尔说终于到达马丘比丘的手机短信时，想起聂鲁达长诗《马丘比丘之巅》中的句子：我看见石砌的古老建筑物镶嵌在青翠的安第斯高峰之间。激流自风雨侵蚀了几百年的城堡奔腾下泄……

终于按捺不住，发出一声叹息，合上面前的会议笔记。老板吓到了，说："怎样？不过是预算啊。"

我把手机举给他看。"马丘比丘？印加？！"他说，"你们这些人，就是太理想主义。"

据说在大约 15 世纪的时候，强盛的印加帝国选择在海拔 2400 米的崇山峻岭之间以巨石建造起这座雄伟的城池，不过是为了离太阳近一点。建造完这样的理想主义城市，留下许多谜语以后，他们就消失了。仿佛那个以一双蜡翅膀飞向太阳的伊卡鲁斯，在最接近的时候坠落。

会议结束我给戴尼尔回短信，问他："走那么远，累不累？"

他答："人生这么长的旅程，一走几十年，怕的不是累，是厌倦。"

不久我终于辞去了白领的工作，第一站是南太平洋。跨越季节和赤道，像戴尼尔说的那样，走得越远越好。

住在斐济群岛的某个小岛上时，决定尝试一直不够勇气体验的夜潜。教练在码头上检查我的装备，下水前给了我一把手电筒，没有多余的话。夜潜中途下起了暴雨，在水下只听见隐约的噼啪脆响，抬头的时候，在气泡间依旧能看见远处群山间的闪电如坏了的灯泡，明灭不定。

教练示意关上手电筒，我发现四周和我们一起悬浮的是萤火虫一样的浮游生物。一只很少见的粉红色海星从我肩头经过，它有透明柔软的触须。

深夜的海洋与宇宙星空如此相像。当我们向更深处沉潜，感觉就如同往宇宙进发，如同飞往太阳的伊卡鲁斯。

原来当一个理想主义的旅人，这么自由美好。

那次旅行的终点是塔瓦尤尼岛，我去过的最远的地方，日期变更线从这里穿过，所以昨天今天在这里相逢。

皮肤黝黑的孩子们在山间的瀑布中嬉戏，有个小男孩从激流中探出身来，将一块黑色石子放在我手上。是黑色的火山岩，被磨去了棱角。我说：“谢谢。你很像我小时候的一个朋友。”他笑了笑，纵身回到湍流中。

那个邻村的男生和我同班，年纪大我三岁，是因为留级才和我同班。

他的成绩差到老师都不愿给他补习的地步，所以老师安排他和我同桌，可以随时问我怎么解数学题，怎么写作文。但他从没问过我任何问题，只是沉默地坐着。后来我把做好的作业摊开放，他也不客气，飞快地抄。抄完还是什么都不说。

一次在去外婆家玩的路上遇到他，他却突然上前和我说话，问：“你有空吗？”我答：“有啊，干什么？”

他想一想，很郑重地说：“我的狗死了，你陪我去埋了它吧。”

我说：“好。”

他回去抱了狗来，狗不大，可能才三四个月，常见的土狗。都说土狗比名狗脾气好，最懂讨人喜欢。有时候狗贩子拿长得好的土狗鱼目混珠，也很少有人来退货，因为养着养着就舍不得了。这只小狗一看就是只好狗，即便死了也是很乖很听话的样子。

“人家的狗死了，都扔野地里。”我说。

他说：“不行。”斩钉截铁。

我在前面带路，他抱着狗跟在后面。那时候不过二年级，就算他比我大几岁也毕竟年幼，不多时就要停下来歇一歇。我就在一旁站着等，努力想要说点什么安慰的话，最后还是放弃了。

我们沿着田埂，深一脚浅一脚地走了很久。我特别想找个好点的地方，就像努力解一道算术题。他越来越吃力，满头大汗，但还是不言不语，默不作声地跟着，大概路过的那些地方他也不满意。

最后我找了片面河的斜坡，藏在芦苇丛后面，安静得只听到风吹过芦苇叶的细响还有水声。我回头看他，他点点头：“就这儿吧。”

他把小狗轻轻放在青草地上，开始挖坑。我拾了块碎瓦给他帮忙，斜坡上被切断的青草流着绿色的血，血有清香味。

坑挖得很深，我将四周的青草密密铺在里面。他轻手轻脚把小狗放到坑里后，突然很担心地问：“你说会不会冷？”

我认真想一想，说：“盖上土后，应该不会。要不你再抱它一会儿吧。”他摇了摇头开始填土，下定决心似的。

然后我们一前一后回家去。后来他还是没和我说过话，每次考试也依旧不及格。成绩差到他家长去给他算命，算命先生说症结在名字，得改。原来他单名一个“森”，那是三个“木”叠加，我们那里说人“木”，是骂此人“呆傻”。但他太顽固了，改了名字后依旧故我，依旧不及格，依旧留级。再后来，他留级的次数实在太多，老师们为了保护这个珍贵的名额再不让他留级， 他也终于小学毕业，到初中继续留级。我不知道那只小狗是怎么死的，也不知道他什么时候毕了业。我们再也没见面。

如今的我已像手中的这块火山岩，被时间磨平了大部分棱角，坐在岸边注视着孩子们在黄昏壮丽的日落中逆流而上。

但我坚信我那位旧同桌，他曾那么固执地保持沉默，如今一定也以自己的倔强挣脱了人世的激流，仿佛置身温暖洋流的中心那样，悠然自在地漂浮在世界的某个角落。

经过这么多年，我终于和他踏足同一条河流。

美丽的人

没想到真的收到他寄来的安眠药。正如他所说，服药前须找好床铺。因为这些白色药丸的效果与其说是化学性的，不如说是物理性的，发作的时候像当头一棍能令你瞬间失去知觉。

失去知觉前一秒，我看见初次见面那天的广玉兰树，在风里不停摇头，冰凉的香气像急雨，洒得过往行人满头满脸。

那次拍摄西班牙陶瓷艺术家的项目时，东家安排了翻译协助我。拍摄前三天他打电话过来，声音年轻得如白鸽在晨曦中扇动翅膀。自报家门之后他说："很抱歉，但有件事我必须和你沟通一下。是这样的，今天我刚拿到医院的报告，HIV 检验呈阳性。如果你介意的话，我让公司安排别的翻译给你。”

我想一想，说：“谢谢你打电话来，但是没关系，我不介意。”

他在电话那端陷入沉默，片刻后礼貌地道谢并挂了电话。

拍摄当天被失眠困扰多时的我顶着一头乱发双目通红地出现在拍摄地点，摄影棚里已有个男孩在打扫卫生。他摘下口罩说：“你来啦。”

我没有见过如此漂亮的脸庞。在那些纯白的瓷像之间是最动人的那尊，活色生香。

那一刻三个字映入脑海：不公平。他美丽到融化周身空气的面容，他体内无法被药物打败的疾病，都不公平。

拍摄结束他帮我收拾器材，我提出要请他喝一杯以示感谢。他爽快地答应了，开着一辆小小的保时捷跑车带我去带露天咖啡座的餐厅。当他把车在广玉兰树下停妥并快步过来开车门的时候，我觉得少女时代的梦想正以某种不曾设计的方式上演。

我点了咖啡和薯条，他点了热牛奶。服务员端上饮料的时候他将牛奶递给我："你好像几百年没好好睡一觉的样子，喝完牛奶回去休息吧。"

"越来越严重，记忆都开始模糊。"

"我找一种药给你，我认识很厉害的医生。这样你就不会忘记我了。"

我笑了："这么会说话，应该能记得一阵子。"

他静了静，突然说："我很抱歉，那天其实很失礼。"

我看着他，不置可否。

"我是说给你打电话，把自己的病情告诉你那事。"

"你只是想找个人说出这件事情来，对吗？"

他笑了："是，虽然已经预料到结果，但等真的得到确认，还是会慌张。"

"你的家人，你会告诉他们吗？"

"我告诉我爸自己喜欢的从来不是异性时，他挥手打了我一巴掌。然后我再没回过家。"他喝着咖啡，语气如此平静，几乎是任人宰割的神情，好像早已决定了不想麻烦地去为任何事抗争。

“我当然不是因为那记耳光离家出走的。又不是没挨过打，何况动手的还是我爸。但我无法面对他。不管你如何努力，只要你让他失望，那么你都是欠他的。”

生命是一份礼物，当礼太重时，受者只能感恩，不可拒绝，更无权随意处置。

“你大概觉得我很笨吧？”看我不搭话，他有些不好意思地说。

“好好活着。”我说，一边努力将薯条上的番茄酱蘸成一根火柴的样子。

“不要难过，我已经很好地活过了。”

我们都是内心坚定的人，
所以决定穷尽一生追逐风景。

礼物

十六岁那年生日，爸爸送的生日礼物是一辆红色摩托车，大概是他能找到的最小的车型。至今我都记得那个初夏的傍晚，我从车行取过小摩托，载着爸爸回家的情形。从后视镜里，看到晚霞还有爸爸故作严肃的表情。到家前他偷偷嘱咐我：“别告诉你妈，是你开回来的。”

而十九岁的生日礼物是辆二手汽车。爸爸什么都没说，直接递了车钥匙给我。我就趁着暑假，骑上摩托车去考驾照。

第一次正式工作，礼物也是辆车，和当年那辆小摩托一样，鲜艳的红色。下班后回家，吃过晚饭，爸爸才突然想起来：“要不要去车库看看你的礼物？”依旧只是递钥匙给我，再没有别的话。

就像二十二岁那年出国留学，在机场他只问：“信用卡带啦？”

他近乎盲目的信任造就了一个不太知道害怕的我，并在不知不觉中学会了像他那样，以独特的幽默感应对生活中很多的困难。

他的信任教会我一个简单的道理：无所谓前面有什么在等待，朝前走就是了。后来我翻译柏瑞尔·马卡姆的书，读到这样的句子：“未来藏在迷雾中，叫人看来胆怯。但当你踏足其中，就会云开雾散。”会心地笑。

而他的默默守护更让我知道，走多远，都有人在等我回去。所以我从没有在选择前犹豫，也没有在挫折前退缩，只是听凭自己的心，书写，远行。

一次收拾旧衣物时，在衣柜中找到爸爸年轻时候穿过的机车夹克和牛仔裤。才明白，为什么他会送摩托车给我做生日礼物，而不是花裙子。有时候觉得他该有个儿子，他们一定会有更多话题可以交流。我和爸爸说起这事，他却说：

“这你就错了，女儿可以当儿子养，但儿子不能当姑娘养的啊。”

后来我心血来潮，暂停写作去当外企白领，工作恰好涉足汽车行业，闲暇时也会和他聊聊车，努力假装一个男孩的语气，说起引擎、车型、扭矩、底盘……

爸爸却突然说：“我觉得汽车设计中最让我欣赏的一项发明是，中控锁。你总是丢三落四的，你知道吗？”

有次出差回到上海已是深夜，车驶出机场车库的时候，我听到中控锁发出一声清脆的咔嗒声。

突然觉得那么安稳。

许多次告别

江南的春天。

在窗前吃早饭。一段全麦面包，一小碗橄榄油，一杯今春的雨前茶。附近山上产的茶，以雨前的最好，由于今年春寒，所以产量少。

早睡早起，注意饮食，有规律地生活。John Bayley（约翰·贝利）说“an adopted routine preserves sanity”，此言非虚。

家中养过两只小鸟。去年冬天的时候其中一只因为贪恋洗澡，得了风寒，所以羽毛变得不再光鲜亮泽。在乡下方言里，说一个人头发杂乱倒竖为“仓”。于是我就将那只生病的鸟取名为“小仓山”，另一只则自然被叫作“袁枚”。“袁枚”与“小仓山”初到我家时，晚上总是轮流睡觉，一只在旁边守着，另一只将头埋在自己的羽翼之下。等后来熟悉了环境，就会一同入睡，睡觉的时候紧紧贴着，将尾巴依靠在一起，从背后看过去，呈一颗心的形状。

“袁枚”一直灵敏善动，有一次趁换水添食的间隙从笼里飞了出去。却又在第二天早上飞了回来，在笼外等候。

如今“袁枚”不在了，埋在院中茶树下。而“小仓山”则被送到山中放生，原来她为自己选这样一个名字，也还有别的意思，仿佛是在向大家预示自己的命运。

外婆也是这个时节去的。送她走的时候，每转一个弯，每过一座桥，都大声告诉她让她知道。因为这一次送她走，就再不能把她带回来。再以后的路，我们都送不到了，全要靠她一个人走。后来写了长信给她，大约是收到了，再没有梦见。

仍然记得葬礼回来精疲力竭，大雨瞬间落在车窗玻璃上，看不见前面的路。到家倒头便睡。睡梦里，梦见自己开着车行驶在盘山公路上，左边是悬崖，悬崖下蓝灰色的海水波光粼粼。

然后一座城市出现在海边，呈一颗心的样子，伸进海里，我听见某种类似歌唱的声音，此起彼伏。我知道那是尼斯的卵石沙滩在唱歌。

醒来的时候想，我常说：人间万事，毫发常重泰山轻。其实该说完接下来的两句：悲莫悲生离别，乐莫乐新相识。

梧桐花

外婆：

我又梦见自己站在梧桐树下，仰望它的高大、静默与孤独。

开花的梧桐树有种特别盛大的戏剧感，大朵的紫色钟形花聚集成巨大的塔状花球，沉甸甸结在光滑细枝的顶端，尤其在阴天的时候，确实是一种更适合出现在诡异梦境而并非现实中的植物。

当梧桐花落，又是另一场声势浩大的落幕，所有花朵选择在很短的时间内纷纷坠落，路过时踏在上面，仿佛能感觉汁水从厚重的花瓣中渗出，散发出某种沉静且叫人迷惑的香气。紫灰色。

当春意渐深，梧桐树长出浓密绿叶来，它就又变回一种敦厚稳重叫人亲近的树木。

外婆，你走的时候，梧桐树正在开花。

妈妈说你想吃葡萄，要我去买。时值仲春，开车到市区去找。买到红提回来的路上，等一个红灯。发现自己一直看着交通灯上那个倒数的红色数字，突然泪如泉涌。

当你从昏迷中醒来，会提及过去吃过的某样食物。所以在你去世前的那段时间，我时常开着车，四处寻找：葡萄、松子、话梅、西瓜、桂圆，甚至香烟。这仿佛是你在和我玩一个寻宝游戏，如果我完成任务，就可以留住你作为奖励。而我，多么想把你留下来。

有一次你突然说要抽烟，抽一种我没听说过的牌子。你已然忘却了，自己已经戒烟很多年。

我也知道，买来的那些都不是你记忆中的味道。没有人能买回往昔岁月。但是你沉默，不让我知道你的失望。迷惘的眼神，那么想因为我的出现而笑一笑。努力良久，却终不能够。后来你越来越久地陷入昏迷。眼角，总是有泪。

癌细胞正从内里侵蚀着你的身体，剥夺你的吞咽能力与味觉。在无法控制的时候，你从喉咙里发出困兽一般的呜咽。我只是一遍一遍在你耳边说：我知道，外婆，我都知道。

我都知道。

妈妈有两个母亲，这是我从记事起就知道的事，而你是给了她生命的那一个。当年因贫穷而不得不做出的决定，对你来说，是打在心头的一个死结。

妈妈还告诉我，你年幼时，母亲改嫁他乡，父亲再娶，他们都忙于计较各自眼下的生活，不愿承担抚养你的义务。后来你的父亲死于胃癌，而继母在去世的时候留下遗言：不许你在她葬礼上穿白鞋子。这在乡下的风俗里，就是不认这个女儿的意思。

自己年少时的不幸遭遇让你竭尽全力想对自己的子女多加

疼爱，但最后却因经济拮据无力妥善照顾而放弃自己的一个女儿。我无法想象，这个决定对你和外公来说有多么艰难。但人生里，多的是艰难的决定。百上加斤。

外婆，我们一起度过的时光累加到一起，有无一个星期？我们都不擅长诉说，也不擅长靠近。现在我给你写信，想把我们之间的距离写完。不知我的努力，能否被你看见。

但是都没有关系，外婆，我知道你疼爱我，我都知道。是不是你对我的关心从一开始就带着某种更为沉重的情绪？当时年纪尚小不知个中缘由的我，并不太喜欢接近你，因为你神情里偶尔不自觉流露出的悲伤会让人觉得不安，它们太沉，太重。

如今我知道，你只是努力在做着当初想做，却没有能力做到的事。为着不能重来的过去，进行着其实毫无必要的补偿。你在病榻上做的最后一双鞋也是给我的。穿上它们，我没有办法挪动脚步，仿佛每一步都踩在你心上。所以我捧着它们，失声痛哭。

你患的是胃癌，发现时已经是晚期，并发肠癌。遗传自父亲的病仿佛是上天迟迟才肯给出的一个证明：你真的是他的骨肉，无论他曾如何忽略你，离弃你。

而我的好记性不知是不是遗传自你，记得你年轻时，身形轻捷，善抽烟喝酒，大笑的时候仰起头，没有一丝保留。如今你被病榻困住，已长时间不能进食，时常陷入昏迷。呼吸里渐渐有死亡的气息，醒来时眼角蓄满泪水。我在床边坐下，为你缓解疼痛，轻轻抚摩你的腹部。那一根根嶙峋的肋骨，细得仿佛鸟类易折损的翅膀。这就是我的外婆。

从亲生父母那里除却这如今正在消亡的肉身与无可医治的癌症，什么也没有继承到。你从小只好随着姑母长大，一生的时光绝大部分在困苦中煎熬。而养育你长大的那位姑母，为着养育你，不得不在花季的年龄嫁给一个病入膏肓的中年男人。

她守寡大半生，从无子嗣。粗重的体力活与粗糙的饮食将她锤打成一个体格瘦弱的女人，却从不曾改变她那总是怀有慈爱的柔软内心。所以成年后的你，像她一样乐观和善，凭自己的双手解决困难。

看着你被单外如今枯瘦如柴的手，才发现外貌上与你毫不相像的我，其实继承了你的一双手，它们是一个模子里刻出来的形状。

外婆，在这个世上，我还有些时间。不知除却这双手，我还从你那里继承了些什么，是一样不肯低头的倔强吗？

入学那一年我七岁，你带我去看相士，问我的学业前程。先头那些溢美之词都被忘记了，只记得后来那个看来干瘦体弱的老太太说：这个孩子，命似石榴木。你哈哈大笑：好，像我！

得到你去世的消息时，我刚为工作在异地逗留四天，回程早已经体力透支。到住处已经是深夜，潦草地睡了。早上起床，阳光很好。电话响，爸爸在电话那头说，外婆走了。

离上次见你，也不过是三个星期的时间。我们都不知道，那一次，就已是诀别。所以，那样轻易地松开了手。转身的刹那，参商永诀。出差时积存下来的脏衣服来不及洗，收拾一下，扔进汽车后备厢。再回到公司坐下来开两个会，处理完一天的事务，终于得以在天色暗下来那刻将车开上高速公路。“归家洗客袍”，原以为这是长假里才会满心欢喜去做的事情，但奈何，命运常常翻云覆雨，我再一次换上黑衣回家奔丧。

下葬那日，天气也很好，仿佛你对我们的体谅。我们穿白衣送你走。你的棺木就在我脚边，而我已经无法辨认你的容貌。每过一座桥，每绕一个弯，都大声呼喊着让你知道。

我们怕，你找不到回来的路。但其实，你对我们的爱永不会迷失。生老病死，人生不可免。看多后，就逐渐逐渐忘记去挣扎。也逐渐逐渐忘记了，当年看似平常实则阳春白雪的快乐。因为死亡，我们渐渐看不到一些东西了。

你的葬礼结束后，我连夜赶回去上班。地平线消失在暗中，那一刻又感觉像是独自急速行驶在黑暗的海上，苍茫沉重之间，就只有手里的这一线光亮。想哭没有眼泪的困乏无力。心里想起的，是早在三百多年前另一个总是浪迹天涯的人代为写下的，每每想起都要哭的句子："季子平安否？……我亦飘零久……"

你还好吗？我也，已经在这人世飘零很久了。

外婆，你离去这些年我常常想起你来，我希望生命里有更多改变可以说给你听。你走的那年，我二十六岁，刚刚失去第一段感情，整日觉得衣不称身。也曾年轻气盛，拖着行李箱去陌生的城市找他，而他已经把心放在了另一个人手里。听着他漏洞百出的解释，我觉得自己一直在盲目地爱一个陌生人。

外婆，你走的那天，外公在你的病榻上和衣而眠。乡下的风俗里，必须换过所有被褥。他只说：这么多年，有什么要紧。我想起外公独自躺在暗中，为你守夜。你走后，他越来越沉默寡言。我经过他身边，他突然说：她先走了。

所以我收拾行李离开，再没有回头。多年后重遇，那个人对我说：当初是你一言不发地放弃了我。我点头同意，并没有给他看内心那些结了疤的创伤。

我已明白，人生是不能计算的，因为实在经不起计算。我们谈抱负，谈得失，谈对错，用指点江山、挥斥方遒的语气，好像长日无尽，前程无量。但其实，我们有多少时间呢？无非是各自从命运的掌心领了些残羹冷炙，各自消受。

我们能得到的温暖，又有多少？

外婆，是否沉默倔强地去爱，也是种遗传？如今我已过而立之年，依旧孑然一身，常感觉光线太亮，照得人手足无措，但在累累伤痕掩护下渐渐学会假装，如穿上一副贴身的铠甲。我想告诉你，生活继续向前。

亲爱的外婆，我如今生活的城市里，清晨与傍晚是多么相像。屋檐街角堆着金色光线，天际染了朝霞的微红，整个城市从喧嚣拥挤回归空阔寂静，空气清凉里带着微醺。觅食的麻雀在我经过时，呼一声四散。古老的树上，还有不知名的鸟在婉转地唱。地铁里都是赶着上学或放学的中学生，一样的校服，让车厢仿佛校园走廊。还有许多拖着行李箱的人，滑轮轰响，让灯光明亮的地铁站仿佛一个建在地下的机场，人们匆匆奔赴旅程的终点。

外婆，你走后，我看见了时间。我开始知道，光阴是有尽头的。我开始知道，失去不是世上最严重的事。

我们初来这个世上的时候，也是什么都没有，所以如今失去些什么，也绝不至于严重到关乎死生，不需要呕心沥血。

流光偷换，北斗光寒。

有一天我们都会不在的，我们共同度过的岁月，短暂而唯一的财富，也随肉身一起消散。原来我们并不需要在不知名的神明面前长跪不起，才能参透生与死，失去你，我便什么都懂得了。

外婆，我又梦见开花的梧桐树。树下的我，满手血污，鲜血正从手腕处汩汩流出，洒在满地的白纸上。一页复一页。说的是，世事轻易，无不可为。只要你，愿意承担。

清晨醒来，我坐在废弃多年的书桌前，开始写字。

我在纸上写，离去的人在我们生命里留下空洞。

但我们一定会再见。那时候或许你会是年轻时候的样子，手指夹一支烟，带我去看算命先生。

外婆，我想念你。

想念那些从来不曾发生过的拥抱。还有小时候你给我做的那些布鞋，踩着它们，去走人生里最初的一段路。到此时，终始见广阔。

外婆，我有很多话问你。我想问，人生有多痛？我想问，承受有多痛？我想问，仅凭忍耐，能否度过这一生？

那一次自昏迷中醒来，我记得你这样问妈妈：“我总是在想这件事。我要给你做一双白鞋子，等我走了，你肯穿吗？”妈妈竭力忍住泪水。我把目光投向窗外。外婆，5 月来了又走，江南的梧桐花已经落了。大朵大朵的花掉在地上，掷地有声，是一句句郑重的道别。而我们，再会了。

我们初来这个世上的时候，也是什么都没有，

所以如今失去些什么，

也绝不至于严重到关乎死生，不需要呕心沥血。

更远的远方

“没有什么会被忘掉，也没有什么会失去。宇宙自身是一个广大无边的记忆系统。如果你回头看，你就会发现这世界在不断地开始。”——珍妮特·温特森《守望灯塔》

我们生活的这个星球上有很多优秀的白领、律师、银行家，但不再有领取赏金的植物猎人、发现新大陆的探险家、孤注一掷的掘金者，甚至没有挂牌营业的驱魔人……因为技术的发达让这个星球上的秘密越来越少，卫星每时每刻的“扫射”更让地球毫无隐私可言。卡夫卡说：“世界正日渐缩小。”

好在还有茫茫宇宙，这个无限的概念，大到可以容纳人类不断膨胀的好奇心。

回首2013年，最让我感动的是3月21日旅行者一号终于到达太阳系外的消息[1]。1977年9月5日自美国佛罗里达发射，从此开始它探测外太空的使命。NASA（美国国家航空和宇航局）的记录显示，在过去这40年里，它曾经过木星、土星、天王星、海王星、冥王星，一路飞越了110亿英里（约177亿公里）。

“我是旅行者一号，我已到达太阳系外。”这或许是它骄傲的宣告，也是对地球最后的致意。因为没有人知道，在太阳系外旅行者一号能否继续获得能源。但它做到了，去往无垠的远方，去探索无限的可能。

曾经，旅行是盛大的逃离。少年时代我在卧室的墙上画满盘旋的燕子，这样，在梦里也能听见翅膀的声音，以及自由。但如今出门久了，会在异国他乡的半夜想起上海住处的冰箱里还剩下半瓶香草可乐。大概人性就是如此，缺乏科学探索需要的恒心与毅力，无法在同一个地方或者同一

---

[1] 2014年9月13日，NASA通过新闻发布会正式宣布旅行者一号已经离开太阳系。

状态长久停留，英文里说：会脚冷。所以费曼教授曾在他的物理学讲义中说，科学是反人性的。

人脚冷的时候，会无聊，无聊后，就会做各种各样奇怪的事情去打探别人的生活。比如说，电视里总在播明星们的八卦，还有些人则对外星人的事情穷追不舍。

1976 年的时候，也就是旅行者一号出发探索外太空的一年前，丁肇中带父亲出席诺贝尔奖颁奖典礼。丁肇中记得那天，他父亲问他道："你在想什么？"他答："我在想，宇宙这么大，别的星球上会不会有生命。"

这么重要的夜晚，这么辉煌的荣誉，多少人梦寐以求但终生不可得，而他记挂的依旧是别的星球。因为基本粒子的发现，只是他探寻宇宙奥秘的开始。

所以我想，生活在地球这颗孤悬的星球上还是幸运的，它的渺小衬托着宇宙的广大，你总以为自己有一个逃离的机会。

Menzies

Chefmate
BAY
ALARM

生活在地球这颗孤悬的星球上还是幸运的，
它的渺小衬托着宇宙的广大，
你总以为自己有一个逃离的机会。

蜗牛

为什么我会有这么多行李？……一个行李箱就能活下去该有多好啊。憧憬着，却做不到。——山本文绪

我心目中的完美旅人是西蒙·范·布伊笔下的亨利，在痛失所爱后穿着睡衣，用超市的塑料购物袋装上所有的存款，随机选择航班开始了环绕世界的飞行。

他说：你看尽世界，却一无所悟。

而我又是什么时候决定买一只坚固的旅行箱的呢？

细想下，是在澳门出差的那个夜晚，圣诞节前夜的威尼斯人大酒店。来自世界各地的人彻夜不眠，穿着红袜赌运气，

整个酒店洋溢着幽灵般的狂欢气息。那时候我已经出差在外很久，而他乡的节日气氛、游戏机的喧嚣、24 小时不间断的免费酒水和美食，是最后的几根稻草，终于让我接受了自己所谓“驿马星动，无驻停留”的命运。

想起《幸福终点站》里的汤姆·汉克斯也总是有一只旅行箱做伴。我穿着酒店房间的棉拖鞋，经过一张张热火朝天的赌桌，走进酒店附设的商场，买了一只大号的黑色日默瓦。

起初托运的时候看着簇新的、油光发亮的箱子躺在传送带上，突然一阵不舍。但有一天，它终于伤痕累累。我也不再费神给它贴易碎标志，大有“他朝吾体也相同”的冷静看透。一个机场到另一个机场，并没有时间想太多，它也一直坚固耐用，好像大家都接受了命运的安排。

几年前在关西小镇丰桥的博物馆里看到过德川时期的旅行装备，行李箱中为文房四宝与食具安排了特定的收纳空间。而隔壁玻璃柜里是一纸旅行文书，表示该文书的拥有人经官府批准出外旅行，生死由命，若遇意外，就地埋葬。

原来不是所有旅行都有归期，只是我们并不会认真细想这件事，虽然我们总说人生是一次旅行。我不禁想，或许收拾行李的过程是对生活的一次梳理。旅行箱不仅是最精简的家，也是一种惯性，它定义着那些你不愿舍弃的便利，那些你甘愿背负的熟稔。就像我们小时候，把珍爱的玻璃弹珠、蝴蝶翅膀标本、贴纸、发条文具珍而重之地放进铁皮盒子，恨不能到哪儿都抱着。

而百年之后，我们抵达旅行的最终点，也将在一只盒子里栖身。

一个人需要多少行李？

频繁出差的日子我把旅行箱留在客厅，如果有喘息的机会，就把它收进衣帽间。但箱子内的物品总是固定的，并不因为目的地或出差时间而改变：两件衬衫，两件短袖汗衫，一条裙子，一双皮鞋，三套内衣，洗漱用品若干，一扣安全锁就去机场。它大概也知道自己并不属于家具的一员，在储物柜或者沙发边总是有些身份不明的拘谨。

在网上时常见到旅行达人的热门帖，教大家怎么根据旅行的天数和场合妥善使用行李箱，将尽可能多的东西井井有条地收纳进有限的空间里。我津津有味地看着这些日常的、生活的、生机盎然的智慧。

但其实，旅行箱中任何一样东西都不是必不可少的。包括旅行箱本身。倘若遭遇行李箱被窃的意外，去趟商场可以解决所有问题。这些年出门在外我也丢过行李，当我获得轮候座位回到上海的时候，行李却留在了迪拜。行李箱几天后才被航空公司找到并送返。但我的生活继续，没有丝毫不便。

可我们依旧会带着行李箱出发。

生活是不断的轮回，旅行是咬合的齿轮。在旅途中流浪的人没有过去也没有将来，只有此刻。而行李箱就是那只锚。它负责平衡人心深处离开的冲动和对安全感的留恋，是既定生活轨迹与陌生世界之间的一个缓冲。

海拔 5200 米的珠穆朗玛峰营地，我坐在行李箱上等司机给汽车更换被碎石扎破的车胎。盘山公路下是壮丽的河谷，远山层叠，没有尽头。

新加坡圣淘沙岛，热带的大雨，新闻里说塞林格去世了。服务生撑着黑色的大伞，帮我把旅行箱放进后备厢。“顺风。”他说。

新德里的清晨，路边站着迷路的孔雀，深色皮肤的少年将新鲜茉莉花与洒着廉价香水的塑料花一起递进车窗，然后他手脚麻利地把一束白色的茉莉花挂在行李箱把手上。

离开曼谷前，拖着箱子去 Siam Square（暹罗广场）华裔开的火锅店吃晚饭，菜分量很少，但足够新鲜。腾腾的热气与香味扑面而来。外面又开始下雨了，外国游客在抢出租车，我的航班还有三小时就起飞。

Dundee（邓迪）的高地纪念品商店，店主有着碧蓝的眼睛，穿苏格兰裙，他递给我一把鹿角做的开信刀，吩咐说：“记得放行李箱里托运。”

瑞士湖边的小旅店，天花板一直在渗水，半夜起来将浴室的所有毛巾铺在地上。卫生间没有晾衣绳，我只好把洗过的衣服挂在行李箱上。窗外整夜都有夜行列车，在湖光山色中疾驰而过，梦境中都亮着火车车窗的灯光。

今年秋天，我再次出发前往南太平洋，路过斐济，旅行社的工作人员把白兰花与贝壳编织的花环挂在我颈项上时，我提起上次旅行时的向导 Tui。这名工作人员微笑着说：“是，我认识他，他是我的远房表弟。他出远门去了。”

当年我在斐济群岛中的一艘小游船上遇到他时，他正坐在夕阳下弹吉他， 见我到来，快步上前帮我提箱子。夕阳下，他棕色皮肤，棕色长发，深褐色眼睛，脖子上挂雪白的贝壳项链，像一幅高更的画。小船在岛屿间穿行，他说他来自盛开着食人花的遥远岛屿，已经三十岁了，却从未越过赤道线，踏足北半球。我坐在行李箱上，在一艘摇晃的小船上，比手画脚地向他描述北半球的冬天，漫天的雪花。

蜗牛与它的壳。当我经过这个人世的繁华与荒凉，只是想要有些我熟悉的东西，与我一起经历。

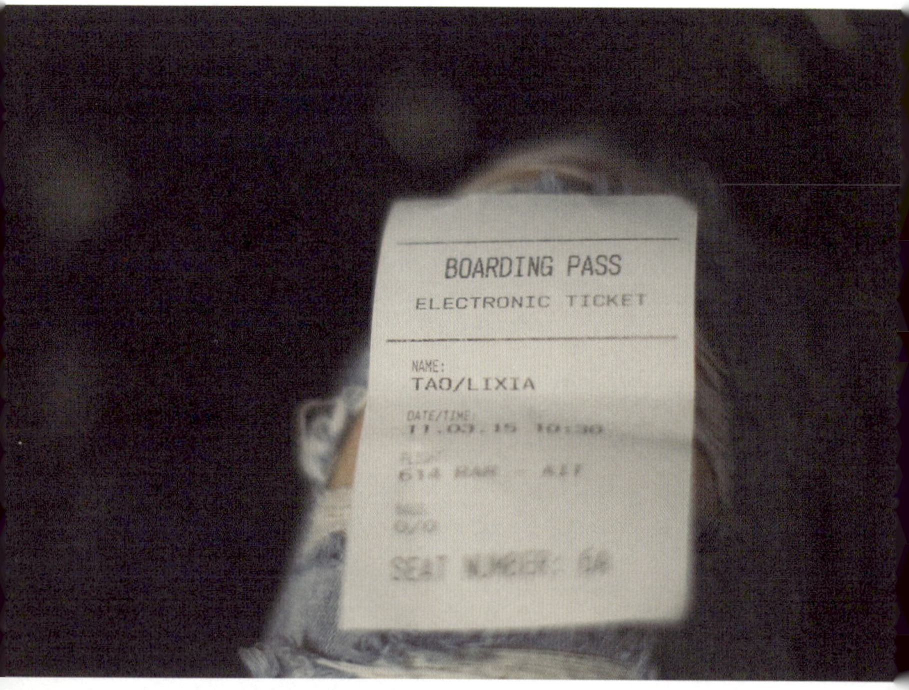
BOARDING PASS
ELECTRONIC TICKET
NAME:
TAO/LIXIA
DATE/TIME:

在旅途中流浪的人没有过去也没有将来，
只有此刻。

错的路和对的人

Chapter 2

情书 其一

很多人问《分开旅行》的故事是不是真的，M 是否存在。故事当然不是真的，我是编故事的人。但我一定爱过，我们都爱过。

他也许不叫 M，而是 ABCDEF。这封多年前分手时写下的、一直没有寄出的信，就是给他的。

或许是巧合吧，找到这封信的那天，在下班的出租车上接到他的电话。

许久没有联系的我们只能谈天气。

想起初次约会的时候，两个无比紧张的人，谈的也是天气。

生命轮回，我们没有失散但也再无必要相见。

近来时常想起我们刚开始在一起的时候。那时我们年轻，真的很年轻，只有十九岁。在我们见面以前，就仿佛已经对彼此很了解。

是我先喜欢你的，站在暗处。我曾对你说，我喜欢你就像鼹鼠喜爱它的黑暗。

也会觉得这样的境况，对你不太公平，你并不知道这个与你擦肩而过的人其实知道关于你的很多事。

但想到是我一人承担那一刻的紧张与惶恐，又觉得扯平了。

因为喜欢上你，我时时希望见到你，又常常想要离开这个你也在的地方。

这真是一件异常矛盾的事。

于是我一个人旅行。

很多次在月台上等火车进站，每当强大的气流吹起我的头发和衣角，仿佛要将我的人也席卷而去，整个世界只剩下那有力的轰鸣，便觉得安全。

是的，你不知道我喜欢你，你不会听到我的心跳，我是安全的。如此周而复始，渐渐不记得，这样来来回回之间是如何终于与你接近。

是的，我爱你，就如同鼹鼠爱着它的黑暗。

后来你问我为什么喜欢上你，与你在一起。理由想必有很多，却其实都不确切，也常常随时间不断更改。

如今我喜欢你的安静。这是要到一定的年纪，才能领会的好。没有形容词、副词，没有注解。

我渴望遇到一个清澈通透的灵魂。

一个没有被污染、没有被损坏、没有被禁锢的，自由的灵魂。他带着饱满的元气，明亮如同阳光，平静如同湖水，低回如同寒冬深宵的雨。

在这个现世，泪水终是敌不过口水的。所以沉默多么可贵。

所以我至今感谢你，当我们遇见，你什么也没有说，只是给我一个机会，靠近。

情书 其二

过去你常在信中嘱咐我少怀想过去，多开拓新的生活。我现在正这么做，只是这未来来得如此仓促，我无力得体应对。

但又有什么好抱怨。猝不及防迎头而来的，才叫转变吧？你必然会原谅我的笨拙，正如同你曾容忍我的固执不知变通。

犹记得我到南京的那天，天空中都是风筝，栖霞山一山的黄叶。

突然就刮起了大风，楼宇间叮叮咚咚的，不知是谁家的风铃。我的大衣里是短袖汗衫，冷是冷一点，不过神志清明。法国梧桐树下路灯还是那样温柔，像带笑的眼眸，车灯金灿灿流了一街。

或许景象并没有那么好，但因为遇到你，所以一切都镶着晶亮的边。

我不敢告诉你，朝九晚五寄居酒店公寓的日子，多么想念我家中的浴室，毛巾架子上从暗紫到纯白，以颜色渐变为序排列的那些毛巾，带着柔软剂奶白色的呼吸。

我是个贪图安逸的人，并且没有更改的打算。有一天却因为追随你，将初衷更改，过程并没有破茧成蝶的潇洒姿态，而是蜕皮的狼狈不堪。但咬紧牙关的时候，嘴角也是带着笑意。

在客途，做客旅。

如今我又遇艰辛，所以允许自己，想念你。

这些年带着对你的挂念，独自走过人世的喧哗与荒凉。迟疑的脚步常仿佛带着满身伤口，连微尘都无法承受。

而你早已转过身去，去往需要你的人身边。

你知道吗？天边的星斗总让我想起你的脉搏，缓慢的节奏，永不止息。还有你带悲悯的疏远，带冷意的关怀。如果茫茫人海还能再见，我还是会说一切都好。

但如果遇不到，也很好。我们并不是因为受了苦难所以祈祷。

尚未遇到你的盛夏，烈日下的梵蒂冈，我将手掌按在天堂之门的封印上，低下头来的那瞬，便是许下诺言，来日无论何时何地，当我听到召唤，都会应答。

从此，我将所有的希望寄放，也悄悄带走了天堂的一线光。

即便你来了又走，我们同行的时光寥寥，但在这注视之下，到哪里我都不至于困苦，因为我们从来都不是孤身一人。

如今我喜欢你的安静。

这是要到一定的年纪，才能领会的好。

没有形容词、副词，没有注解。

情书 其三

夏以上，秋未满。

茶水青山色。

若人世枯荣也能像季节轮回一般，从容应对，该是多么自在的事。

或许我们都会有那么一刻，为了告别一个人独自远走。异国他乡想起那个人来，依旧记得他的体温，却已如同想念前尘往事般遥远温和。

最刻骨铭心的那段感情，后来只剩下满满一袋子旧信回到我身边。在阳台就着雨季的光线把它们全部读完，泪水模糊了我们一起走过的那些岁月。抬头的那刻才明白，所谓成长，不是你懂得担当，凡事都要全力以赴去争取，而是能坦然接受努力后依旧无法如愿的遗憾。

这是壁虎断尾般不得已的智慧。我从小倔强，所以这个道理懂得很晚。当年纪渐长，伤口就会愈合得越来越慢。我在远行的路上晾干了伤口，却也知道这个疤痕会伴随我很久很久，甚至整个余生。但又如何?

曾因暂时失去听觉而喜欢上味觉构成的世界。阴天的书房，闲置多年的钢琴散发暗淡而高贵的木头味。渐次成熟的柿子来不及摘，鸟纷纷飞来啄，后院的风就有涩涩的清香。刚出笼的馒头是白色饱满的味道，有点像中秋的月。清晨，露水逐渐离开草木，半悬空中，带走了草木的呼吸，那是最美妙也最短暂的味道。

傍晚独自在林间散步，硕大的粉红色落日，溪流在暗中发光，兰花盛开，芳香仿佛萤火，跳跃闪烁。我快步走着，走得比赶路的夜色慢一些，又比抽芽的树快一些。我觉得很高兴，终于摆脱了那么多在异国他乡度过的想念你的黄昏。

冈仓天心在《茶之书》中如此阐释："本质上，茶道是一种对'残缺'的崇拜，是在我们都明白不可能完美的生命中，为了成就某种可能的完美，所进行的温柔试探。"站在全然的寂静黑暗中，我突然看见了内心的亮光。我看见你的面容。

爱也是一种试探，看我们能付出多少不求回报，看我们能坚持多久不问结果。

我也知道，不是因为某个人的离开感到绝望，而是因为自己开始衰老，心动如潮水止息退却，各种失去却如嗜血的蝇虫纷至沓来。

盲医

傍晚有友人打电话来，希望见面，她感情受挫。情绪低落、意志脆弱之时，会想到找我这个冷面愣头青吃饭的人，恐怕只有她一个。

我不会说话，更不擅长安慰人，不知道怎么办好，情急之下，或许会讲几个烂笑话。所以，出发前决定带几本书给她读。文字曾经是我的慰藉，对我来说，再孤单再遥远，只要有一支笔一张纸，就能觉得安稳。希望文字也能填补她的伤口。

在暮色中，努力辨认那些熟悉的书脊，找着我认为适合她此刻心情的书。这里一本，那里一本。感觉像一个目力有限的老中医，想要调配出一剂良药，治病也治痛，更能医心。

世间有这样的药吗？或许真有。它无色无味，不溶于水，不散于风，迅疾难觅，须以青丝为药引，心力为代价。

有些秘密就藏起来吧，把心咳出来都不要说。

我看着你持刀而来，并指给你心的位置。是经我允许，你才有伤害我的能力。

薄幸

王尔德说，只有浅薄的人了解自己。

仿佛浅薄的人也更容易快乐，深刻的人有太多的疑问，来不及找乐子。

失眠并不深刻，但失眠的夜晚会想起很多事。比如寄居 Bristol 的夏天，毕业论文写到眼睛都快盲掉。夜里 2 点去巷子口的 Fish and Chips 买炸薯条。我记得那个钟点正是 pub 打烊的时间，醉醺醺的年轻人喧闹着从 pub 里拥出来，空气里飘过薯条那油腻的味道，仿佛仙女棒那种让人颤抖的愉悦金色。

我还喜欢去厨房电饭煲里找晚饭吃剩下的白米饭，配薯条，靠在储物柜上大口大口地吃。有时会遇上别屋的室友 L 来厨房找番茄酱。

他说："其实我吃薯条，只不过是为了吃 ketchup（番茄酱）而已。"

有时候也在学生公寓大楼外那一段陡峭的斜坡上遇到他，一同到半坡上的那家咖啡馆里买一杯咖啡外带。那时候他正经历很严重的一场失恋，背影看起来仿佛一碰就会碎掉。伤心起来会半夜卷起铺盖到别人房间打地铺。

Time cures all（时间可以治愈一切）。可是那要等好久，没有如许耐心和勇气，所以投靠了食物。我看着一个英俊少年快要吃出肚腩，痛心疾首。至今搞不明白那么优秀一个人，连人工智能这样复杂的课程都得奖学金，却为什么走不出恋爱的加减乘除。

他吃着薯条，困惑地说："人脑真的太复杂了，毫无必要的复杂。"

不知道时隔多年，他的情伤好了没有。或许已经是功成名就的工程师，顺利娶妻生子。就像《男人四十》里林耀国与妻子文靖，相敬如宾，闲来在客厅背诵苏轼的《前赤壁赋》。电视里播着长江的壮美风光，厨房里一锅汤却炖得坏掉。

就是这样的简单琐碎。

曾以为那样琐碎的生活是诅咒，到后来才明白是恩赐。

爱也是一种试探，看我们能付出多少不求回报，
看我们能坚持多久不问结果。

我写了张卡片

2004 年 8 月，欧洲大陆最后的一段夏日时光。我漫游的脚步逐渐沉重，越来越多的时间花费在写明信片上，几乎每天都要坐在街角的咖啡座写上厚厚一沓。事无巨细地描述当时的天气，见过的风景。有一张这样写：我想和你在佛罗伦萨终老，你愿不愿意？

当我在 9 月从白色的 Dover（多佛）港搭客车返回伦敦，秋天已经渐成气候。原来我住的伦敦大学学院学生宿舍已经改成临时的青年旅店，同住的朋友也早已经去美国求学。我从邮箱里取出在意大利时寄给自己的明信片，再次拎着旅行袋寄居到 UCL（伦敦大学学院）的学生公寓里去。

在那段居无定所的青春岁月，我多么热衷于在旅途中给自己写明信片，仿佛为了一再确认自己和那些地址的关联。像漫游的船，寻找抛锚的岸。

搬家那天，从 Kings Cross（国王十字）车站出来，在 WH Smith 买了一本时尚杂志，随杂志附送了一本小说：*Lazy Ways to Make a Living*（《生活偷懒法》）。

剩下的零钱在 Paperchase 买了一张奈良美智的明信片：貌似纯良柔弱的小女孩，鼓鼓的猪腰脸，穿着粉嫩蓝色小布褂在抽烟。人的记忆，多么奇怪，现在我还清楚地记得，那天广告牌上的海报里是一个在海边的中年男人，面容清瘦和蔼，在风中眯起眼睛，广告语是：I want to feel the wind through my hair when I still have some. 大概是廉价航空的促销广告吧。

当我在一年半以后打开这本小说，发现夹在书中的那张奈良美智的明信片时，即便已置身万水千山之外的一个寂静冬日深宵，那天的树影，阳光打在我手臂上的热度，车站的人声，我背着旅行背包经过街心公园时，耳边的鸟鸣……甚至广告海报里那阵海风，都回来了，鲜明真实，无可解释。

我甚至记起自己离开伦敦前坐在 Bloomsbury（布鲁姆斯伯里）区一间学生公寓的会客室里写明信片。织锦面料的长沙发，破烂褪色的厚地毯，窗外是伦敦的甜美初秋，葱茏的树开出不知名的花，大蓬大蓬，开得坠坠的。光阴过处，在屋内是灰色与绿色交汇而成的暗影。当我从书桌前抬起头来，盯着脚边的那团影子细看，发现它还镶着道宝蓝色的边。

原来记忆也可以储藏在明信片里，就如同你为某个片段想要记取的人生插上一枚薄薄的书签，在你回望的时候，它们就是最确切的索引，让你找回那天的旅程与随之发生的一切，往事历历在目。

所以，我到哪里都会寄张卡片给你，让它走完我们之间的距离，向你描述我见到的风景，借由邮差的爱心接力传递我对你的想念，以免将来你把我忘记。

巴黎，一个爱情故事

2003年11月，巴黎，大雪，歌剧院大道

他们的故事，滥俗到怕是卖给哪家杂志社都会被退稿吧。十年之后，他重回到巴黎，坐在巴黎国家歌剧院的前排位置上，没有表情地这样想。但是这心痛却如此长久地保存了下来，在时间里转化为惆怅，然后是心酸。

表演结束了,观众起立鼓掌,他用手掌揉一揉脸,起身离开。外面是流光溢彩的巴黎的夜色。他站在街灯与街灯之间的暗影中，神情终见悲怆。雪无声无息堆满双肩。记得当年和她就是在这个路口分手的。两人衣角上都还沾着适才那杯咖啡的香气。不言不语面对面站着，足有20分钟。

她的手，藏在大衣口袋里。他用脚尖一下一下地踢着路肩。终于她抬起头来，说：“不如，你就把我忘了。”他过半日也抬起头来，道：“这样， 也好。”

2003 年 11 月，巴黎，戴高乐机场，大雪

她一个人，一只旅行袋，一件风衣挂在臂弯。因为雨雪天气，飞往中国的班机临时取消。改签机票的时候拒绝了机场人员提供的酒店，买一杯咖啡在候机厅里等待。夜半，他是候机大厅另一个黑发黄皮肤的人，埋头看一本机场的法文杂志。“你说中文吗？”她用法语问他。“说啊。”他答，随即合上手中的杂志，微笑着用中文说，“你好。”

“你好。会不会打扰你？”她看起来有几分歉意。

“不会。”

“你去哪里？”

“维也纳，航班不知道什么时候才恢复。或许该坐火车的。你呢？”

“我回国。”

“是来旅游？”他问。

“不，我只是来看一个人。”

机场午夜的灯光和空旷，黑色毛衣，衬得她面容苍白。

她靠着他的肩头沉沉睡去。旁人看来，是一对流离的恋人。她回巴黎想要找的是另一个人，他就和身边的这个人一样：黑发，黄皮肤，声音沉稳，表情坚毅。但那时候，他们都还太年轻。

那一年，也是在这戴高乐机场，她等了又等，但他没有追来。不晓得是厌倦了爱情，还是因为生活的艰难。

第二天上午，天气放晴。航班恢复，登机之前，她从口袋里掏出一只旧信封来，放在他手中。他将那信封打开，惊讶地发现里面是一张过期的机票，日期是十年前的昨天。

清如许

下午走过南京西路，在某个橱窗外停下来看了一会儿。感觉有一只手轻轻地搭在我肩上。回头的时候，发现是片巨大的法国梧桐树叶。

起风了，云层下的城市笼罩在灰色光线里。黑色的马路上飘满金色落叶，车流被红灯阻隔在下个路口。远得仿佛停留在另一个时代。

周日的傍晚又是大雨滂沱，坐在窗前剥莲蓬。

最喜欢夏天的豪雨，仿佛不这样就不能体会到内心的安宁。当整个世界都和这场雨一起被挡在窗外，我们很安全，为所欲为。

雨水随风势飘进屋内，懒得动，于是半边都淋透。“暮雨半床留鹤睡……”那半张床估计也是靠窗带雨。莲子很新鲜，带一点甜味。中间的莲心碧绿，很嫩而且很苦。吃完莲子，把莲心晾干，可以泡茶。

莲蓬是周末在路边买的。那时候天快黑透了，我有些担心小贩没有回家的路费，于是把他竹筐里剩下的七个莲蓬都买了。回家养在碗里，想起来就剥着吃。旧时的江南，在我手里，清凉微苦。莲子清如水，大学时古文八段的老师曾说过，“莲子”就是“怜子”的意思。要遇见一个水一样的君子。

写稿子到晚上，脑子停不下来，就看电视等周公。有个晚间的电话节目，打进电话的人向主持人讲述他们感情的困扰。我发现人性远比我知道的更软弱、无知、混乱，而人心真的是那么不可靠的一样东西。混浊起来无药可以救。

如果我打电话过去，我会说什么呢？ 不如就说：我望断了西洲不见人来。

最喜欢夏天的豪雨，

仿佛不这样就不能体会到内心的安宁。

当整个世界都和这场雨一起被挡在窗外，

我们很安全，为所欲为。

病了

突然病了，其实在香港时已经初见端倪，只是尚有意志力可以支撑。医生开了一个星期的假条给我，尽管我已不需要。

据说医生主动开假条的时候，说明情况有点严重。但她问诊完之后温和地对我说：你不会有事，你只是会长时间感觉到神经疼痛。

她的口吻，多么像黄碧云：你没有事，只是会，一直痛。

驿路梨花

感冒正在痊愈中。不过嗅觉的缺失让我很有可能要错过水仙季。先是呼吸道感染，然后是低烧，发展成周身疼痛、鼻水横流，随即退烧，最后咳嗽收尾。如果按时吃药，就好得快一点；如果忘记了，就拖得久一些。

每次都沿袭这样的套路发展，叫我无限欣慰以及万分无趣。

有趣的事情是，最近又遇到一个人，他时时想教育我，并且很乐意给我忠告。你知道确实有这样的人，正直、乐观，站在阳光下仿佛没有影子，明亮如世纪儿。他们是社会的栋梁。而且他们大都善良。不相信我这样会真的快乐，不相信我能把自己照顾得好。

这个人，对我感到迷惑。想教导我，又要顾及我的自尊，还要时时提醒将我一不小心就扯远的话题扯回来。善良上进得让我想对他保证，我会再找份工作，真心想要做得长久。

可惜我始终坚持认为，这世界上有两样东西你不应该拿。一样当然是不属于你的东西。另一样则是你并不真心想要的东西。

寄宿学校的那些年，睡到半夜小小的单人床常会塌陷，应该是床垫一角掉下了年久变形的支架。我可以斜着半边身，缩在角落里照样睡到天亮。据说小时候半夜睡着睡着滚到地板上，也是这样裹着被子就势在地上继续睡，决不费神再爬回床上去。

因为这样近乎懒惰的坦然，我与我的命运总能言归于好。我习惯了当所有人都离开以后，转过身去握住她冰凉的手。她说好自为之。

我答随缘即应。其实，大家看菜吃饭。

我爱我的自由，那是对自我的认同，对自身所处牢笼的爱恋，对你终不会将我忘却的确信。

如同勃拉姆斯，伤怀得旁若无人。因为懂得自爱的无上境界。

不过我也知道，有一天，命运终将放弃我，诚如一段一段感情遗弃你我。那是盛开之后没有药可以医治的一种黯淡。

生命里的驿路梨花，含风带露开过，也曾妖冶压弯枝头。但都会过去。浮生若梦，须知尽欢。

So rich in life that its flowers perish and it is full of sadness（生命如此丰富以致花朵枯萎而且充满哀伤）。

散步的人

村口杂货铺的顾老板不见了。

据说那天晚上他出门散步就再没回来。什么都没带，只穿走一双逢年过节才会拿出来的皮鞋。

一个人的消失和一滴露水的消逝并无太大不同，只是在这个感情纠葛或者经济纠纷不断的小镇，顾老板的出走显得如此标新立异，所以成为街头巷尾热议的话题。

他拍拍手，就走了，居然。像蝉蜕去壳，头也不回。他打理的那家杂货铺依旧营业，人们故作自然地向他的妻子买酱油、盐或者棒冰。走的时候强忍好奇，只允许自己多回一次头。

我已经好多年没见过顾老板了，也已不记得他的样子。其实上一次与他打交道时我五岁。

妈妈是医生，平时家里有个箱子，放些常用药以备街坊邻居的不时之需。我以颜色、形状为标签记住了药效。比如黄色的细小药丸代表肚子痛，绿色的糖衣药片代表感冒，红色的胶囊不该轻易给人……

那天顾老板来买药时妈妈还没下班，我放下画画本子询问他症状，望闻问切一番之后给了他三颗白色的、粉蝶一样的药丸，并嘱咐说明天再付钱，因为我不记得价格。

第二天他按时来付药费，兴高采烈地说："多谢多谢，头痛完全好了。"妈妈的脸色可想而知，随即箱子落锁，我悬壶济世的医者梦从此终结。

后来我在世界各地的咖啡馆与酒吧遇到独自枯坐的中年男人，面前一杯冷掉的咖啡或者一只空了的酒杯，窗外是无穷尽的深夜。他们有百种面目， 又或许是同一个人。

但顾老板是不同的，他是我第一个也是唯一的病人，他对我的信任让我觉得自己对他负有责任。

所以我在脑海中为他规划出一条美丽的路线，他穿着那双锃亮的皮鞋朝着南方去了，一路穿山过海，孔雀在他经过的小路上唱歌。有一天他还将越过国境线去往南亚，一个满是椰林和红花的国度。他再不用坐在柜台后面守着油盐酱醋了，他可以在沙滩上看海，或许还会买一艘船出海追捕鲸鱼。

因为一个敢吃下五岁孩子开出的不知名药片的人，一定非常勇敢。

浮生若梦，须知尽欢。

我爱我的自由，那是对自我的认同，

对自身所处牢笼的爱恋，对你终不会将我忘却的确信。

红到十分变成灰

近来天空中多的是迁徙的鸟。

“似此星辰非昨夜，为谁风露立中宵。”

这样的季节来做这样的事情，应该最合适。午后的单衣抵不住暗夜的寒，于是心也颤抖。

我怎么和你说，月夜，起了薄雾的院子里，茶花上的露水，以及空气中凉且芬芳的气息？那雾，很低和薄，缠在树的半腰。乡下人叫这样的雾为：矮脚迷露。迷露也就是雾的意思。

晚上看书的时候不得不穿上厚袜。夜深一点，还要披上羊绒披巾。送这块披巾给我的人，现在已经没有人记得他的名字了，但是肩上的这一点暖却时常提醒我，在我们的青春岁月，我们对待别人曾经怎样肆无忌惮以及残酷。

时至今日我们也并不企求原谅，我们只是成长然后率性，其间的痛会弥补所有的错。

入了冬，全部沙发与靠垫套子都换成黑色丝绒，这个星期的被单也是全套的黑色丝光棉。那些黑颜色太稠太软，乌黑发亮，竟透着杀气，腾腾的。半夜站在黑白分明的卧室中央，感觉置身于修罗战场。

我上一次喜欢红色的时候，才只有十六岁。

那时候有一件红色的短袖汗衫，地摊上或者商店处理品柜台买来的，便宜，质料也不好，稀疏的棉，胜在凉爽舒适。体育课的时候拿出来穿。同宿舍的女生说，你穿红色好看。

但十六岁是叛逆的青春期，穿衣服不是为了好看，而是为了与整个世界抗争。

星期天也要关在教室里自修，我就穿宝蓝色绣花短旗袍去，下面是烂牛仔裤和拖鞋。训导主任看见我的拖鞋，在楼道里叫住我，语重心长地说：“陶同学，不能穿拖鞋来上课。”我把拖鞋脱下来拿在手里呈给他看，说：“这是凉鞋，你看。”

他就信了。说起来这个训导主任已经不在了，走了好些年。突如其来的一场大病。

数学老师叫我上去写板书，卷子上的题目，他说那道题全班只有我一个人答对。但我的分数还是照样不及格。我憎恨数学课，还带着不能承认的恐惧。怎么办？我赤着脚上讲台去，拿起粉笔来写，算银行利率，存款问题。

我问老师：“这样的题，答对了又有什么用处？你存钱取钱，银行柜台后面坐着专业人员，他们操纵电脑帮你算。那不比你算得清楚？”

课后我被叫到办公室去补数学。

那几年学校刚开始电脑办公，老师桌上的电脑一尘不染。我做不出题，趁没有人，开电脑，猜密码，用办公室的激光打印机打印存档的考卷出来，发给大家看。

家长被叫到学校来。

等走出办公室，只剩我和爸爸两个人的时候，他说："正好，接你回家过周末，走吧。"

要回头细细想过，才敢问自己：这肩头增添的，可是风霜？

时至今日我们也并不企求原谅，

我们只是成长然后率性，

其间的痛会弥补所有的错。

安静吧，我的心

Chapter 3

练习一个人

也会孤单，没什么不好

初夏的好处，是每天入睡以前与醒来时，窗外那片绿色都不是一样的。一日浓似一日。

时常有各种各样的鸟在窗前飞过，白羽长尾，栖在树上或停在院子里。最大胆的是麻雀，叽叽喳喳闹到书桌前来，体态丰满可爱，眼睛清灵有神。它们边唱边跳一刻不得安宁，带着那种孩子气的认真神情，有时会好奇地打量我摊在案头的书和稿纸，好像在议论某件重要的事情，最后也不见有什么结果，只是扑棱一声，四散飞去。如此接近的距离，让我对这细小身躯内寄居的灵魂心生畏惧般的敬意。

以前在伦敦住处的拐角，常遇到一个打扮像吉卜赛人的中年女人，披一头灰白卷曲长发。看见有人走过，她会将食指放在唇上，示意来人噤声。她的手里握着玉米粒，脚边聚集着许多鸽子，灰色一片，如同一朵着陆的乌云。后来我更愿意绕道走。我害怕她脸上那甜美得有几分恍惚的微笑，仿佛在暗示一个藏得很深的秘密。

迈克尔·翁达杰在《英国病人》中说，鸟喜欢栖息在枯枝上，因为它们可以向各个方向飞翔。果然是这样。随着春意日深，我注意到它们不得不一日比一日更加仔细地寻找树叶不那么葱茏的枝头。它们最喜欢电视天线。

我喜欢做一个乡下人。乡村公路两旁大片大片的水稻在灌浆，风中浅绿色的是稻花的香气。路边的蓟花开得正好，一片紫色的浅淡云彩。车子开过的时候，栖居其上的白色小粉蝶在刹那间同时飞起来，是一个回放的慢镜头，雪花纷纷扬扬落到天上去。

最近又重新找了《阴阳师》来看，倒不是单为看鬼故事，在《子不语》中什么样的鬼都见了。喜欢的是安倍晴明那个杂草丛生的院子，还有他和源博雅对饮谈“咒”的样子。常常是源博雅带了下酒菜去，安倍晴明备好酒，两个人边喝边聊。话往往不多，但是很有趣味。安倍晴明是个很吸引我的家伙，他一句“所谓咒，可能就是名。世上最短的咒就是名”顿时把骑在牛背上的老子和握着玫瑰花的小王子两个人都从我脑海中唤了出来。

故事开始前对安倍晴明住处的描写叫我欲罢不能，但最喜欢的一段是《阴阳师 1》最后的故事《白比丘尼》中对雪景的描写。安倍晴明和源博雅在火炉上烤着鱼干，饮酒赏雪，雪越下越大了，有一个人要来。让我想起我最爱的五绝《问刘十九》。

绿蚁新醅酒，红泥小火炉。晚来天欲雪，能饮一杯无？

要怎样才能走进人生中这样宁静安详的时刻呢？

梦枕貘在这个故事的开头写下这样一段对话：

“什么事？”晴明将视线从庭院移到博雅身上。

“之前曾想过要问你——你这所大宅子，就你一个人住吗？”

“是又怎么样？”

“你不觉得孤单吗？”

晴明注视着提问的博雅，微微一笑。

“也会感到寂寞，也会孤单啊。”

晴明好像是在谈论别人的事情。

“但是，寂寞和孤单，却与屋里有没有人没有关系。”

“什么意思？”

“人都是孤独的。”

“孤独？”

“人原本就是那样。”

“你是说，人天生就是寂寞的？”

“大致是这意思。”

放下书入睡的刹那，想起明天窗外的树一定会更绿一些，就觉得寂寞也没什么不好。

如果有一天，
我再也不来找你了，
是因为你我心中各自有座无人岛屿，
静候于水的彼端。

如果有一天，我再也不来找你

香港作家钟晓阳，1962 年 12 月生于广州，在香港长大。1981 年她以一部《停车暂借问》轰动香港文坛，获得联合报小说奖。有人说她写这部时间空间跨度皆十分广阔的小说时不过十七岁。此后的钟晓阳被认为年少成名，再难突破。

《哀歌》是她并不那么著名的短篇，完稿时钟晓阳才二十四岁，却已算是她创作的成熟期，有种中年回首少年心事的惆怅淡泊，一如冬日夜半起身喝那杯搁凉的茶。

这是个发生在旧金山的简单爱情故事：留学彼邦的香港女孩爱上当地华人移民的后代，他长她许多岁，辞了航空公司机械师的工作转做辛苦的商业渔民，驾着渔船出海。女孩想追随而去，却最终分离。

读《哀歌》这个故事时我十六岁，如今时隔多年，已经很难确切表述究竟是什么打动我至深，并让我爱上了作为故事背景的旧金山这座海港城市。或许是其中洋溢的年少轻愁，或许是男主人公对航海的痴迷正投合我对海洋的向往。

故事中，两人坐在车内看雨，倾听着船缆拍打桅樯的声音，男主人公问："如果有一天，我再也不来找你了，你知道是为了什么吗？"钟晓阳形容那声音"清脆得如同玉器碰撞"。而我在此后的数年中，一直想知道那声音究竟如何，如故事里的女孩子用此后分离的时间来体会那个问题的答案。

直到有次暑假路过日内瓦，在湖边小憩。欧洲夏末的悠长傍晚，太阳已下山，但夜晚尚未来临，世界笼罩在清亮澄澈的蓝灰色光线中。湖边停泊着归航的帆船，就在刹那寂静间，我听到了叮叮当当的敲击声，湖水荡漾，船缆拍打桅樯。

湖对面的山上，有房子依山而建，浅色轮廓，灯火通明。

那刻我明白了书中景象，也知道如果有一天，我再也不来找你了，是因为你我心中各自有座无人岛屿，静候于水的彼端。

我们一生的目标就是抵达那里。而正是为了抵达，我们互相离弃。

长日将尽

发现自己可以看懂 Graham Greene（格雷厄姆·格林）了。

这本 *The End of the Affair*（《恋情的终结》）还是当时书店进行 Buy 2 for 3 的促销活动时买的。曾被威廉·福克纳称为那个时代最真挚最动人的作品，里面情感太充沛的男主角，总让我望而却步，甚至觉得他远没有对抗黑暗巫师的 Harry Potter（哈利·波特）来得成熟。

但是人，总会长大的。这一次改变得比较多的人，是我。我终于老到配得上这本书。

兰登书屋的 vintage（珍藏）版本。书页泛黄，字体偏小。

开篇第一句话这样写：A story has no beginning or end……一个故事无始亦无终。

无论从哪里开始，对传统的道德观念来说，这都是一个几乎荒谬的故事。情人 Sarah 毫无缘由地离开 Bendrix 回到丈夫 Henry 身边去了，于是 Bendrix 痛苦、愤怒，请了私家侦探跟踪，为她对陌生男人的一个微笑而抓狂。然后他发现她其实得了绝症。如果故事在这里结束，那就是一部文采太斐然了一点的琼瑶剧。

善良宽厚的丈夫 Henry 知道了他们的感情，邀请 Bendrix 搬过去同住，让 Sarah 在两人的照顾下没有牵挂地走过最后的日子。就在这期间，Bendrix 渐渐发现了她选择离开他的真相：为了拯救他的生命，她将两人的感情与上帝做了交换。面对着无形却强大的上帝，失去了爱人的 Bendrix 绝望地对上帝说：你已经做得够多了，你从我这儿掠夺得也够多了。我太累也太老了，学不会爱。你就永远让我一个人待着吧！

Sitting there beside Henry in the Victoria Gardens,

watching the day die I remember the end of the whole affair.（维多利亚花园里坐在亨利身侧，看着日光消逝，我记起了整段恋情的终结。）

中国人说长日将尽，这个英国男人说 watching the day die。

他的偏执、愤世嫉俗以及冷酷的哀伤，像失去了林徽因的徐志摩。只是徐志摩比他温暾一点点。

这个看似无稽的故事，却是作者 Graham Greene 感情生活中真实的片段。她叫Catherine，就是这本小说扉页上“献给 C”中的那个 C。书里书外，那个虽木讷无趣，却善良宽容的丈夫都叫 Henry。介入别人的婚姻，还大张旗鼓地写出书来，似乎是典型的得志小人行径。但看过书，你会知道，Greene 写这本书，并不是在炫耀，而是在自我诅咒，在他的余生，都没有走出这本书的阴影。

“真悲无声而哀”，相对于书中不断喊着爱、恨、生、死的 Bendrix，那个在大雨滂沱的夜晚，失神落魄地坐在陌生小酒馆的 Henry 总是更能打动人。作为写作高手的 Greene 又何尝不知道？ Bendrix 因嫉妒而总在心底嘲笑着 Henry 的迟钝无趣，却无法否认他一日一日成了自己的依靠，互相照料着，“就像两个鳏夫”。

在书房里，因为遇见和 Sarah 相熟的旧人而心绪不宁的 Henry，极力掩饰着自己的情绪，却激动得不能解开自己的鞋带。Bendrix 一边嘲笑着他笨拙的手指，一边走过去屈膝帮他松了鞋带。我想这就是 Graham Greene 保留了 Henry 原名的理由，他用这样的方式说出了 Henry 心底没有表露出来的伤痛，也用这样的方式表达了自己的歉意。就这样承认了在这个故事中，只有 Henry 是对的，相对于他来说，Bendrix 和 Sarah 也好，Greene 和 Catherine 也好，都只是幼稚和自私的孩子。

这本书完成的八年之后，也就是 1959 年，Catherine 移情别恋，离开 Greene 爱上了一个修道士。最后她回到英国在丈夫身边逝世。Greene 长住意大利，两人间除却书信往来再没有见面。

这样说来，C 的确是被上帝和死亡夺走了，和小说里的结局一样。书里书外，谁是谁的分身，说不清了。

C 去世之后，Henry 给 Greene 回信，说谢谢他写的那些书，如果他回英国的话，一定要见上一面。到最后，女主角不在了，两个鳏夫真的成了朋友。也和书中的结局一样。

Bendrix 在书中否认着证明上帝存在的种种神迹，说那只不过是叫人不快的“巧合”。但是现实生活中，偏偏就是有这样的事。这本书，是 Graham Greene 为自己的这段感情下的谶语。

笃信天主教的 Greene 选择以这样的代价向他的上帝忏悔，而上帝应允了。

我们都更属于城市，又都对彼此的极限满心好奇。

所以这一路必定妙趣横生。

我们一生的目标就是抵达那里。
而正是为了抵达，我们互相离弃。

有一个好故事

我的爱好之一就是听故事。可是谁不爱听故事呢?

阿城很会讲故事，他的《威尼斯日记》我看过很多遍，后来自己去，觉得威尼斯反而没他书里那个有趣。

阿城在书里面常常讲到《教坊记》，那是一本记录唐代教坊制度和逸闻的书，趣意盎然，老少咸宜。所以我猜想大概一个人的阅读习惯和他本身的性格总有很大关联。

我老早以前看过他的小说《棋王》，看到的是小时候茶馆里说书先生说书的那种口气，从容不迫，不愠不火，却吊足人胃口。

我有位朋友是学历史的，本以为学历史的都有很多典故可以讲，但正因为他学的是历史，格外注重考据，对资料来源最为在意，所以那些假语村言、逸闻野史于他全是笑谈，毫不留意，是故我从未在他那里挖到多少我感兴趣的那类“故事”。他写关于王莽的论文时曾和我讲王莽是怎样一个温良克俭的人，一生笃信《周礼》，最后却为理想与现实之差距所累。倘若我搬出《子不语》中那篇《董贤为神》的故事来，说王莽死后被罚入阴山受蛇咬之苦，而董贤却成了晴雨神，在终南山下的祠堂受供奉，他一定要对我露出无可奈何的神情来。

这个朋友总说：“子不语怪力乱神。”这样说来袁枚绝对不是君子。袁枚的鬼怪故事集，说的都是君子不应该说的事，所以干脆取名为《子不语》，这个好美色好美食最懂生活真味的老头子大有将说鬼故事进行到底的架势。

我喜欢《子不语》是因为里面有许多诙谐甚于诡谲的事，也并不会像《聊斋志异》一样藏个大道理在后面。比如我很喜欢的故事之一，就是开卷第二篇《蔡书生》。

故事说杭州城外有一鬼屋，人们都不敢靠近。一个姓蔡的书生不听劝阻偏买来住。买来以后家人都不肯搬进去，于是蔡书生就一个人点了支蜡烛坐到里面看书。半夜一女子来了，脖子上拖了根红帛，朝蔡书生施了礼，就将红帛挂到梁上，伸了脖子要吊上去。蔡书生看了面无惧色，于是女子又挂一条绳上去，喊蔡书生去。蔡书生将一只脚伸了进去。

这时整个故事变得分外有趣，那女子说："君误矣。"蔡笑曰："汝误才有今日，我勿误也。"翻成白话，那女子说："你错了。"蔡书生笑答："是你错了才有今天，我没有错。"最后那女子大哭，拜了书生后离去。从此那屋子再没有闹鬼，而蔡书生也考试登第，有人说他就是蔡炳侯方伯。

这个故事的妙处在于一个豪气的女鬼遇上一个洒脱的书生。这个书生将仕途人生看得透彻，竟有侠士之风，愿舍命以娱佳人。而那美丽的女鬼一夕遇上气味相投的人，也就得偿夙愿，开心离去。堪称大欢喜结局。

有一个好故事，想说给旁人听。我多么喜欢这生命中无所求的，专心致志的片刻。

选择寂静

今天听见新闻里说，阿尔卑斯山下了第一场雪。

而我与那个大陆的关联，几乎细微。或许是金牛座的缘故，对于欧罗巴，总有特殊感情。有时候，也会怀念茵斯布鲁克小城中，钢琴木的气味。

无论从哪条小巷抬头，都能看见阿尔卑斯山的影子。

只记得，那时候的自己很胖、很呆，没有看见命运带着暗影的绵长衣带。或许，不久的将来，可以故地重游的吧。要记得提醒自己，顺道去见一个很旧很旧的故人。要记得给他带白色玫瑰与杏仁糖。他也是一个飞行员，喜欢沙漠，就和小王子一样。啊，说到小王子，我今天差点独自看日落。不过最后还是忍住了。我还在书架上找到了《小王子》，不过也忍住了，没有看。

读《小王子》常常是会很悲伤的，悲伤得如同独自看了45次日落。尤其是当天色又要暗下来的时候，没有人从遥远的夜色里走出来，告诉我那个消息，给我的心带来慰藉。所以，我只好自己努力，成为一个头发柔软、不爱回答问题、面色忧伤的小孩。倔强无望地仰望着星空，等待冷冽夜风送来玫瑰花香气。

还在书架上发现圣埃克絮佩里的《夜航》。翻译得一般，但字里行间还是有独一无二的、对这个世界小王子式的感受力。飞行员法比安平稳地将飞机驶入黑夜，如同船舶归港。“现在，他如同一个守夜人，在夜半发现黑夜也能揭示人类的秘密：这些召唤，这些灯光，这种不安。黑暗里这颗普通的星星：这是一座孤零零的屋子。一颗星星熄灭了……”

我在想，要不要把 Bill Evans（比尔·伊文思）的 *Turn Out the Stars* 找出来。但觉得 Jazz piano （爵士钢琴）

确实并非我十分理解的东西。于是，什么也不做。选择寂静。日与夜的交界，喧嚣的寂静。没有暮归的鸟，只是寒冷。我是最近才知道，《夜航》即《午夜飞行》，是那款无数女生看过亦舒的小说之后，苦苦寻觅的芬芳。于是觉得这个世界真无趣，仿佛所有精彩的东西，都来自同一个小小星球。

Vol de Nuit.
我还是更喜欢《夜航》这个名字。

因为简单。

因为玫瑰的名字，不重要。

“魂返天国，星宿归位。”有人这样在圣埃克絮佩里的悼词中写。但其实地球，也是宇宙中的一颗星。我们不过是四处旅行。没有离开过，就无从说归去。开着窗，寻找到猎户座。不知道这些星星，现在还是不是夜航飞行员的飞行指南，他们是否仍旧能在上面读到恋人的面容、晚报上未来得及读完的诗句，或者命运关于未来模糊的启示？可我知道宇宙其实空阔荒芜，我知道我们呼喊不相应。那些星，灿烂而冰冷，我们在那里，像小偷“被关在堆满财宝的屋子里再也不能跑出来了”。虽然无限富有却注定死亡。只是我们依旧会被吸引，因为它们的明亮，因为它们的遥远，因为它们完美无缺的孤独，于是义无反顾地“……便朝它们飞上去，然后人们便再也下不来了，他们留在那儿啃星星……”

我把晚餐时啃下的鸡骨头扔到院子里，晚上猫会来食。

随即关上窗户，放下窗帘。
谁食我鸡骨？谁赠我玫瑰？

我倦了。

我闭上眼，就这样熄灭了整个星河里，所有的灯。

Good night and goodbye.

我们各自埋头画出无数的生命轨迹，

以为世间无人能懂。

但其实，这些轨迹因为相同的弧度而最终重叠，

结成了完整的圆。

遥望

中文真是奇妙，形容对某样东西或者某件事情非常着迷，叫“沉溺”。迈克尔·翁达杰的故事，总让我有这样的感觉。他用简单的文字织看似朴素的网，然后网住你，拖你到故事深处。即便你后来爬上岸去，那些被故事浸透的衣衫湿漉漉穿在身上，要经年累月才能风干。

在迈克尔·翁达杰的文字魅力面前，不能挣脱与不愿挣脱，其实是一回事。不过《遥望》，却似乎是一张花纹不同以往的新网。

看完《遥望》，最初的感觉大概是疑惑吧。

为什么，库珀的故事戛然而止？为什么在第二部分，以安娜与拉斐尔的相识为过渡之后，却在第三部分开始了全新的，吕西安·赛古拉的故事?

如此粗略看来，这本书仿佛是由两个独立的故事拼凑起来，而读者可能在看到最后一页时还在隐隐期盼着，作者会让故事回到开头，就像画一个偌大但圆满的圆圈。但迈克尔·翁达杰并没有这样做。故事以吕西安·赛古拉泛舟湖上，溺水身亡作为整本书的结束。希望落空的读者不禁要问：为什么？是他不愿意还是不能够？难道是迈克尔·翁达杰走得太远终于无法回头了吗?

而制造这些疑问的迈克尔·翁达杰，就像书中隐遁的吕西安·赛古拉一样，坐在暗中不发一言。仿佛用这样的沉默说：世间本来就有很多没有答案的问题，生活的面目不正是如此?

迈克尔·翁达杰的叙事总是留有大段的空白，他擅长发现诗意的细节，但从不用详细的描写将想象的空间填满。这也正如同网，“密”未必更有用，反而是“疏”才能留下最重要的精髓。他宁愿让读者因为疑问而思索，然后得到自己的解答。而《遥望》这部被分割成三部分的小说所留下的疑问，无疑是他所有作品中最大的一个。

但或许，最终的答案也是最初的疑问，这本书为何以旧金山一个街道的名字为名，叫作“遥望”（Divisadero）？

是谁隔着无数时间与空间“遥望”？

在我看来，如镜像般互相对视的是书中的两个家庭。虽然它们一个在美国加利福尼亚州，一个位于法国南部德缪乡间，中间还隔着近一个世纪的时间，但它们的构成却何其相似：一个沉默孤僻的父亲，一个几乎不存在的母亲，一双关系复杂的女儿，一个性格不羁的养子。

安娜与克莱尔，只有在父亲疲惫不堪昏昏欲睡时，才能亲近他，躺在他的臂弯。吕西安也是两个女儿的父亲，她们想要接近他，却不得不学会解读他的沉默，只有靠阅读弗拉马里翁的天文学著作，才勉强在彼此之间建立起关联。

热恋中的安娜，想为库珀将桌子与木屋漆成蓝色。“这蓝色，是送给库珀的礼物。”很多年之后，拉斐尔受安娜邀请走进吕西安位于德缪的别墅，看见别墅厨房里有张蓝色的桌子，并认定那是屋里唯一值钱的东西。小说开头，安娜送给库珀的五色旗帜，它们的颜色还将不断出现在吕西安的故事里，从玛丽·奈热的黄裙子，到伤口鲜红的血，葱茏的橡树林，白喉病白色的黏液。

安娜将玻璃碎片插进父亲的肩膀，也从此隔断了彼此间的亲密关联，注定了她和库珀的流浪。玛丽·奈热从吕西安眼中拔出了碎玻璃，吕西安失去左眼，在自我封闭中走上了文学创作的道路。

拉斐尔和库珀一样，有着伪装出来的散漫，对乡间的一切了如指掌，将一切视作身外物。一个是小偷，一个是赌徒。他们俩都试图在安娜面前收藏起自己的其他面目，努力保持陌生人的疏离。但倔强的安娜，还是爱上了库珀，然后带着简单的行李，走过大半个地球，再爱上库珀的倒影。

“小扁豆”玛丽·奈热与吕西安兄妹一般的关系，又让人想起安娜、克莱尔和库珀的少年岁月。而罗蒙与“小扁豆”玛丽·奈热的流浪，难道不是安娜与库珀之间没有发生的私奔故事？“世界上肯定有和我们一样的人，安娜说，为爱所伤——那似乎是最自然而然的事。”

他们的故事彼此折射，温柔的牵扯与玻璃碎片的锐利边缘交织在一起。不能远离也无法靠得更近，却其实早已经互为骨血。

“每一段回忆，都是一块拼图。”书中人抓住最不愿放手的那块碎片，寻找着自己的答案，丝毫不管那碎片已经将自己伤得鲜血淋漓。他们的倔强与执着，让这个故事弥漫着伤感。美国作家 Cornell Woolrich（康奈尔·伍尔里奇）曾这样阐述自己的小说主题：No, this is not a love story, but it is a story about love. About those who give in into it, and the price they pay.（不，这不是一个爱情故事，却是一个关于爱的故事。事关那些为爱屈服的人，以及他们为此付出的代价。）以流浪与孤独为爱情写注脚的《遥望》，也是如此。

这是一个关于爱的故事，爱永无止息，我们的生命却有限，所以我们只能将自身的故事当作一块碎片，去拼凑着爱的全貌。

所以，抹去时间与空间的界限，吕西安的故事就是安娜与克莱尔父亲的故事，如此我们就能明白他的沉默与孤僻是为了什么，他对自己的女儿又是心存怎样的深情。而安娜与克莱尔的际遇，则是吕西安那一对女儿的故事。我们能大概看到，父亲离开之后，她们将如何迎面撞上姐妹之间情感的暗礁。

拉斐尔则是两个故事最终相连的地方：他是吕西安的半个养子，后来成为安娜的情人。当拉斐尔将安娜的照片挂到别墅的墙上，与吕西安·赛古拉的照片并排放在一起，就如同完成了自己的使命：将两个家庭的故事联系到一起，为两个故事寻找各自的开头和结局。拉斐尔就是一面镜子，或是平静的水面，两个家庭透过他，遥遥对望，彼此成为各自对称的映象，最终互为缘由因果。

所以在书的结尾，迈克尔·翁达杰写道：鸟儿在即将拉上的夜幕下低飞过湖面，拼命贴近自己的倒影。

我们各自埋头画出无数的生命轨迹，以为世间无人能懂。但其实，这些轨迹因为相同的弧度而最终重叠，结成了完整的圆。这个弧度大概就是所谓的命运。而命运，就是我们之间相亲而不能相近的距离。

如果真是如此，那么，既然吕西安看见怀孕的女儿在花园的喷头下洗澡时，会因为想起过去的快乐时光而感到释然，那安娜的父亲，也应该能够在后来的孤独岁月中，在对安娜的无尽思念里，体会到同样的释然吧，即便只是片刻而已。这个假设，将会给那些为安娜、克莱尔、库珀挂心的读者，带来多少安慰。

《遥望》告诉我，迈克尔·翁达杰不是欲言又止的人，他之所以精简地使用描述，克制地表达情绪，只是因为命运本身，有太多无须明言也无法描摹的部分。

所以他埋头写着故事，因为只有另一个故事，才能为一个故事提供解答。

命运，就是我们之间相亲而不能相近的距离。

三城

有人告诉我说，上海叫人觉得寂寞。这话我至今不太能理解。

在我心目中，上海和伦敦比起来并不算什么。说中国话，吃中国菜，看中文的书，网络不发达那会儿，还有 D 版的碟配着各种字幕，人生还有什么好抱怨？百无聊赖的午夜，可以去街角的 24 小时便利店买茶叶蛋和可乐，简直无比幸福。

伦敦，时尚杂志里大书特书的品位与绅士派头，却容易让我生出暴力倾向。住在伦敦的日子，印象最深的不是在博物馆美术馆中度过的文艺日子，而是在窗前赶论文的半夜，闻着楼下传来的阵阵大麻和印度香味道，曾无数次想把手中的电脑扔到楼下去。

偶尔有空闲的周末去唐人街吃中国菜，累得在公交车上睡着了，醒来竟然不知道自己到了哪里，只看见一条彩虹挂在街道中央。

而伦敦和盛夏的巴黎比起来，又实在算不得什么。巴黎，寂寞起来，总让人无端想到光芒万丈、无可躲藏的死亡。一切都那么美好，美酒，咖啡，长腿美女，如画景致。一个人可以沿着香榭丽舍大道走到荼蘼，悲伤却从体内汩汩流出，那样痛又不知所以，像一个即将失血而亡的人遍寻不见身躯上那个伤口。

这朵波德莱尔笔下的恶之花，如花笑颜下埋着腐骨。

这奇怪的印象大概来自同班的巴黎女孩，她有一头栗色的鬈发和一张苍白细致的脸，总是不穿鞋子，穿着白袜子在餐厅走动的样子让我想起特吕弗的电影《精疲力竭》。她还总是会问我借各种各样的小东西：纸巾、火柴、香烟……一个星期天的下午，我听见她敲着每一个房间的门用带浓浓法语味的英文问：Do you have a lighter（你有火吗）？但是在教室遇到，又装作什么都不记得的样子。我问别的女孩子她是怎么回事，她们说，她是真不记得，大概因为学业压力或创作需要而服用某种药物，神志不清又没有灵感的时候，就四处游荡。星期一去学校的公交车上，提着巨大文件夹的她在角落的位置上睡着了，小小的脸藏在阴影里，漆黑的烟熏妆。公交车轻轻晃动，睡梦中她突然微笑，一绺头发掉下来，遮住她半边脸颊。

后来我选择在上海定居，又数次重回伦敦，也曾路过巴黎，为工作疲于奔命的间隙，我总在想：此刻的她在这座城市的哪个角落呢，而她那一刻究竟梦见了什么？

双鱼座男人

我很懒，不爱 judge（评价）别人，对胡兰成自然也无强烈情绪。但人生里所有尴尬与成就都能如此兴致勃勃细写详述的男人，只有他。

第一次读胡兰成，是《今生今世》，书是由另一个天秤座男人送的。读完想到对这个男人最贴切的形容词：有趣。“有趣”这个词，无褒无贬，可好可坏，不关痛痒，也可细究（假如你有心）。

胡兰成的文笔可算头等。书中第一部分讲他年少时的家乡事，在《屏开牡丹》一篇中写十三岁那年夏天，父亲决定送他去绍兴、杭州上学，事先却并没有告诉他，只吩咐他一同赶路。他于是便背着父亲的钱褡，一路跟着走了十多里路，最后坐上夜航船，就此离家去求学问。就是这样一个糊涂人。

政治这门艺术，玩的人定要看懂参透，切不可心存不切实际之盼望。胡兰成一知半解，书生意气，偏以为自己很懂得，还一心挂念着“愿使岁月静好，现世安稳”，不栽跟头似不可能。所以胡兰成后来屡遭诟病，多因他的政治倾向。曾有人叹：卿本佳人，奈何做贼。

比如，他在蕙兰教会学堂上学时做校报编辑，因为一篇文章和教务主任起争执，最后教务主任被他说得没话讲，他便以为是默许。最后文章登出来，教务主任到校长那里去以辞职相威胁，最后被开除的是胡兰成。

这样不懂察言观色，搁现在外企办公室都混不好的吧?

他自称是个没有乡愁的人，一路流离，也不想回到故园去。没有大喜大恶，都一样看待。不分伯仲，都一样好。在处世，这是淡川清远；在待人，却成了轻薄无状。这便是胡兰成的第二宗罪：乱世之中，辜负了张爱玲。

张爱玲是“临水照花人”，这话还是他说的。没有人比他更懂她。一直以来，张迷抄着他的句子来了解一个更具体的张爱玲，也是抄着他的句子来反骂他。

他对张爱玲说：人是有欠有还，才能相逢。仿佛他从没有听说过，感情事里面，也有责任。就因为他这性格里的那点天真，事情原委听他讲来，竟好像没有一人是错的，大家都对，且都无奈凄凉。明明原本是非分明的事，突然无从骂起了。这就是胡兰成文笔的厉害之处。

当然胡兰成也有优点，比如说不讲别人的坏。例如被学校开除，他也只说自己被开除了，回家去。没有多说一句。

《今生今世》的序言里引胡兰成的话：“我是政治的事亦像桃花运的糊涂。”原来他自己其实知道得很清楚，如此看来，胡兰成又不是真糊涂。

所以说他这个人，有趣。

聪明得很糊涂，又糊涂得很聪明。

狮子座男人

喜欢的一个游戏是：如果可以跨越时间空间，你最想遇见谁？

我想遇见 Laszlo Almásy（拉兹罗·艾马殊），这个没有头衔的匈牙利贵族，和他穿越西撒哈拉去寻找传说中的绿洲泽组拉。或者，只是享受开罗的漫长午后，在阳光里眯起眼睛，静静等待命运的乌云聚集然后降临。

坐在这个狮子座男人身边，就是坐在谜团的中央，风暴眼的平静里。

Laszlo Almásy 因为《英国病人》而重新进入大众视线，在以他的日记为素材编写成的《与隆美尔的军队在利比亚》

一书中，他将自己在德军反间谍机构的差事当成一份寻常工作，并不比一个银行出纳更稀奇。

但，1942 年，在隆美尔将军的批准下，Almásy 凭借自己手绘的简单地图穿越 3370 英里（约 5423 公里）的利比亚沙漠到达尼罗河畔，将两个间谍送到盟军腹地，然后他转身，独自原路返回，对都市的繁华、酒吧、淋浴设备视若无睹。不久之后，也就是 1942 年的 5 月，隆美尔依靠他的这张地图，10 天之内率领自己的坦克部队在沙漠行进 500 多公里，直抵埃及境内的阿拉曼。然后就是著名的阿拉曼战役，德军在北非战场的战败由此开始。如果隆美尔再前进 70 公里，德军将攻下苏伊士运河，切断英国与它东方殖民地的所有联系。差一点，这个人潦草画下的一张地图将改变世界的命运。而他，只是在原地转身，离开。

多年之后，战争结束，曾经站在整个大英帝国对面的 Almásy 却对别人说：I am English. 我是个英国人。

狮子座男人的轻描淡写举重若轻。我想告诉他，如今，那个使他备受质疑的隆美尔将军已因为出神入化的军事领导才能而深受尊重，早摆脱纳粹军官的政治身份。只留下他，Almásy 依旧无法被归类。但他，不会介意这孤独吧，正如他不介意独自专心致志走过那数千英里的荒漠。

我想问他：你写下那么多研究沙漠的资料，为何从不解释自己的行为？是不是在没有边界的沙漠中生活太久，你早已忘记文明世界那些所谓的是非界限？你穿越生死，无法依从文明世界的生存法则，你早已为自己的世界建立规则，并不言不语去执行，那种执着与心无旁骛就如同独自在茫茫荒漠里赶路。

王者的高深莫测。

《英国病人》中，Almásy 推开旅馆的窗，对着暮色中的开罗说："我们是圣城内的罪人。"现实中的 Almásy 没能留在这片土地，没有认祖归宗，也没有像书里写的那样在意大利乡间的别墅自我了断。现实中的 Almásy 最后埋葬在奥地利，简单的墓碑上用阿拉伯文刻着：沙漠之父。

将自己藏在风沙背后的男人。我想注视他消瘦的面容，聆听他夜色一样的沉默，却知道他的内心正有火焰在燃烧，他对沙漠的热爱、对绿洲的执着终将如火焰将他吞噬。我想问他，书中虚构的爱情故事背后藏着几分真相。

我想问他：你是否熟悉星群的排列、风沙的脉络，胜过熟悉自己的掌纹？而我们，又该如何定义对与错？我想对他说：Almásy，带我走吧，我们向着传说中的绿洲出发，再也不要回头。

射手座男人
——住了一辈子酒店的男人

很多年前正大剧场播过一部法国电影，叫《我嫁给了一个影子》，未婚先孕的孤苦女子 Hélène 被男友抛弃，在回家的火车上偶遇另一位热心孕妇， 她正要随丈夫回去拜会经营葡萄园的公婆，她将身体不适的 Hélène 带回自己的包厢照顾。就在这时列车脱轨。那对夫妇不幸罹难，而 Hélène 因身处车厢、手上戴着遇难者的戒指而被葡萄园主一家当作从未见面的媳妇接了回去。聪明的小叔子 Pierre 和兄长时常联络，在 Hélène 醒来的那刻就感觉她是冒牌货，但是看着满怀希望，将她和孩子当作全部安慰的父母，他保持了沉默。

Hélène 如今被叫作另一个名字了，孩子有了稳定舒适的生活环境，她渐渐感觉到家的温暖。尽管心存疑惑，

Pierre 还是爱上了神秘却也单纯脆弱的 Hélène，即便父母要修改遗嘱将大部分遗产留给她和孩子，他也不愿说出心底隐秘。就在这时，Hélène 开始收到匿名信，当初抛弃她的男友企图敲诈勒索，破坏她的幸福。

都是近乎俗套的巧合和桥段，只是不明白为什么这么多年了，仍旧念念不忘。

查过资料才知电影改编自美国作家 Cornell Woolrich 于 1948 年出版的犯罪小说 *I Married A Dead Man*，影片于 1983 年在法国拍摄。所以说当我看到这部电影的时候，它已经是十多年前拍摄的老电影了。

这个故事后来还被美国人重新改编成了浪漫爱情片，我记得在中央台电视剧频道播过，主演过《木乃伊》的大眼睛 Brendan Fraser（布兰登・弗雷泽）扮演英俊的小叔子。某台湾十四集偶像剧里也借鉴了该故事。

如此魅力，多么神奇。或许正如小说 *I Married A Dead Man* 封面上说的那样，Cornell Woolrich 值得在不同的时代被不断地重新认识。

Cornell Woolrich，对许多人来说都是一个陌生名字，他甚至更喜欢用英国味道的笔名 William Irish（威廉・艾里希）发表作品。但是根据他的小说改编的电影包括《后窗》《黑衣嫁娘》和《原罪》。这三部颇为著名的悬疑电影与《我嫁给了一个影子》的相同之处在于，它们都在不同的时代被翻拍过不止一次。其中改编自小说 *Waltz Into Darkness*（《旋入深渊的华尔兹》）的最新版本《原罪》由安吉丽娜・朱莉和安东尼奥・班德拉斯主演，而它数十年前的法国版本《密西西比美人鱼》则由凯瑟林・德纳芙和让・保罗・贝尔蒙多担纲。

2001 年的《原罪》称得上彻头彻尾的商业片，安吉丽娜・朱莉扮演的女骗子 Julia 在片中的光芒几乎是太过艳丽。但我最喜欢的还是安东尼奥・班德拉斯扮演的富商 Louis 坐在黑暗中的那场戏。

带着毒药回来的 Julia 走进客厅，静坐在餐桌前等待的 Louis 擦亮了火柴。

Julia:What are you doing in the darkness?（你在暗中做什么？）

Louis:Thinking. I wonder if my life will be finished without you.（思考。我不知道如果没有你，我的一生是否就完了。）

Julia 没有回答，将下了毒的饮料放到 Louis 的面前。注视那杯饮料良久，Louis 垂着眼睛问：

How do they die, you think?（你觉得他们是怎么死去的？）

Does it take long?（会很久吗？）

ls it painful?（会疼吗？）

Julia 开始不安。Louis 步步紧逼，仿佛要杀人的是他。

吞下毒药前，他面对这个杀死了他原本的新娘，冒名顶替，图谋他全部身家，使他身败名裂的女贼，说的却是：我爱你，是的，我爱你。我爱的只是你，不管你叫什么名字。我了解你，所以爱你，无论好坏。从始至终，从始至终……

于是 Julia 为救他，在车站枪杀和她一起行骗多年的搭档，锒铛入狱。

一个 1947 年写成的故事，半个多世纪以后还是火花四射的。

这就是 Cornell Woolrich 的作品中那种牵动人心的力量，复杂却也简单，神秘却其实又直截了当。一枚戒指，一个邮购新娘，一件古董，一扇窗。从细微处落笔，人性的贪婪隐痛，以及爱情的热烈纯洁，纠缠不能解。借着安吉丽娜的红唇，Cornell Woolrich 道出他作品的主题：这不是一个爱情故事，却是一个关于爱的故事。事关那些为爱屈服的人，以及他们为此付出的代价。

几乎是毫无缘由地沉迷，爱将剧中人从他们原本平静安稳的生活中诱惑出来，飞蛾扑火一样不怕被伤害被毁灭，心甘情愿地堕入血雨腥风。

原来每一种罪都叫人心醉然后心碎。

写过这么多浓情故事的人却不是 Playboy（花花公子）的做派。在他早期的照片中，Cornell Woolrich 清瘦苍白，衣着考究，姿态优雅，让人想起另一个出身纽约上流社会的大作家 F.Scott Fitzgerald（司各特·菲茨杰拉德）。事实上 Fitzgerald 正是 Cornell Woolrich 的监护人。

Cornell 的一生并不比他的小说逊色，甚至具有同等的戏剧张力。父母在他幼年时就离异，他与富裕的母亲一起生活在纽约，居无定所，家就是一个个酒店的豪华房间。初次闯荡好莱坞失败，同时结束了一段短暂婚姻之后，Cornell Woolrich 又回到了母亲的身边，爱玩乐的母亲继续带着 Cornell 辗转于各大酒店。

这个射手座的男人，是不愿踏进红尘的彼得·潘。寻找着自己的影子，疑惑于归属感的缺失。

高级酒店真是世界上最有意思的场所了，这个浓缩的舞台上常有世间最美丽的布景，也有最丑恶的交易。人人戴着面具衣着光鲜地演出。这里永无冷场从不落幕。也是在那个时候，他发现了自己创作惊悚小说的才华。这大概也是为什么他最早卖给好莱坞的作品名为 *Children of the Ritz*。

以希区柯克为代表的好莱坞向他敞开了怀抱。Cornell 最终成就了他“犯罪电影之父”的声名。但在母亲去世以后，Cornell 却觉得自己失去了生活的重心，终日沉迷酒精，健康每况愈下，甚至还因为延误治疗而不得不截肢。

1968 年，Cornell Woolrich 去世，他将遗产捐赠给了哥伦比亚大学，创立了一项专门鼓励写作的奖学金。有意思的是，这项奖学金不是以他自己，而是以他母亲的名字命名。

Cornell 的故事里多的是谜样的易名者，他对身份的失落与存在的迷惘大概都写在了《我嫁给了一个影子》的剧本中。随 Pierre 去镇上的 Hélène 遇到一群出来郊游的女孩，巴士快要开了，一个女孩子离队还没有回来，她的同伴大声呼喊她的名字：Hélène！惊慌失措的 Hélène 仓皇四顾，却发现答应的是一个飞奔而来的小女孩。此时的 Hélène 眼中有惊慌也有失落和悲伤，因为她已经失去了自己原来的名字与身份，是一个迷失的女孩，要跟着陌生人回家。

从此不能忘记那张苍白清秀的脸，忧伤的眼睛总是在寻找和躲避着什么。只是分不清那是 Hélène 还是 Cornell。

最后值得一提的是，Cornell Woolrich 的传记有个很 cult 的名字，叫作：*First You Dream，Then You Die.*

So here's to us，a short life，but an exciting one.（先梦想后死亡，这就是我们，短暂但精彩的人生。）

金牛座男人

Bruce Chatwin（布鲁斯·查特文）（13 May，1940—18 January，1989），艺术鉴赏家、小说家、游记作家，当然，比较重要的一点：金牛男。

目光独到，品位一流，自从在 Moleskine 笔记本的腰封上知道他的名字并 google 过他的生平之后，他就一直是我心目中的 icon（偶像）。

十八岁进入 Sotheby's（苏富比）拍卖行的艺术部，以敏锐眼光和艺术品位成为印象派方面的专家，并迅速被擢升为总监。

二十四岁那年，查特文的视力开始出现问题，在医生指导下前往东非旅行。这次旅行让查特文发现了考古的乐趣，于是放弃拍卖行的工作，前往爱丁堡大学修习考古。

不过，这个优等生很快又厌倦了考古。或许正如他在《我在这里做什么呢》一书中说的那样：行走才是人的天性，不安分的一生从婴儿爬行时期就已注定。

1972 年开始，查特文云游四方。在巴黎，一张南美的地图带领他去往巴塔哥尼亚。六个月的游历成就了《巴塔哥尼亚高原上》，也成就了他旅行作家的地位。

在我看来，《巴塔哥尼亚高原上》与《歌之版图》设立了旅行书的书写标准，而国内尚未引进的 *Photographs and Notebooks*，则是品位之选。

作为公开的双性恋和交友广泛的艺术家，查特文有过一段 15 年的婚姻。他最有名的一段恋情是与德国导演、剧作家维尔纳·赫尔佐格的。

听说查特文在澳大利亚荒漠为写作寻找素材时，赫尔佐格毫不犹豫地前往寻找，并表达了自己对查特文的仰慕。而当时，查特文手里正拿着赫尔佐格于 1978 年出版的 *Of Walking In Ice*。

1980 年，查特文感染 HIV，在病榻上，他将自己使用多年的背包给了赫尔佐格。

白羊座女人——暗涌

2012 年 5 月，安藤忠雄在上海的讲座中提及让他敬佩的高龄艺术家草间弥生：她在我眼中熠熠生辉，是个精彩的人，但，和她喝咖啡我是不愿意的。

同年秋天我路过巴黎香榭丽舍大街的路易威登旗舰店，草间弥生的蜡像穿着红白波点裙站在橱窗里，头发是比火焰还要滚烫的红，隔着墨镜都能感受到她（的蜡像）那咄咄逼人的白羊座女生特有的犀利目光。

但草间弥生也曾温柔过，或许只温柔过那么一次。

在康奈尔送给草间弥生的诸多剪贴作品中，有一幅是以细线固定在木框中的两只黄纹蝶，旁边写着：

“Yayoi flies back to me spring flower and I shall be a spring to you like this butterfly.”（弥生，飞回我身边吧，你是春天的花朵，我之于你如同春天之于这只蝴蝶。）

在她和约瑟夫·康奈尔（Joseph Cornell）的合影中，康奈尔的双手牢牢扣住她的颈项，而她顺服得像只鸽子，因为他就是边界与依凭。

康奈尔去世之后，草间弥生如失去了画框的蝴蝶，回到故土日本，为自己找了另一只可寄生的盒子：精神疗养院。

这本是两个毫无共同点的人。约瑟夫·康奈尔曾是孤僻的布料推销员，不会画画，未受过艺术教育，与强势的母亲共同生活了一辈子。草间弥生是“科班出身”，从小展露出绘画天分，受过正式艺术教育。文化、年龄、创作方式截然不同，但康奈尔与草间弥生将在彼此的简历中共享以下头衔：超现实主义、抽象表现主义、波普艺术和原生艺术。

使他们得以紧密联系的是作品中如此相似的近乎病态的童

真，这在无法恒常的现实世界里营造出强烈的反差，从而直刺观者心脏。他们都将自己的疯狂与创作才华收敛在封闭的创作形式中，像孩子藏在衣柜里。

康奈尔自少年时代学习天文与自然科学开始，即被“无穷”（infinity）这个概念震慑，而草间弥生对“无穷”的迷恋从她第一次产生幻觉开始就没有停止，她称其为“infinitynet”。1965年，她在纽约展出《无限镜屋》（*Infinity Mirror Room*），翌年则是《无限的爱》（*Love Forever*）。

长年累月，康奈尔在玻璃箱子里堆砌出一个个“内在”世界。制造这个世界的材料有梅地奇公主、鹦鹉、玻璃、芭蕾舞女、镜子、大理石、碎地图、杂志剪贴以及好莱坞明星照片……草间弥生则与自己幻觉中那些不断生长蔓延的波点与纹样搏斗嬉戏。镜框与波点，可无限组合，也可自成世界。因为拥有这无法填满的黑洞，所有创作冲动与情绪其实再强烈都可以是这样悄然。

被困住的无穷，是更为无尽的虚空。

“盒子”系列中流落街灯车流的梅地奇公主，是浮夸喧嚣的超现实主义艺术家中那个冷静克制的康奈尔，而波点世界中的爱丽丝，正是“水上萤火虫”包围下的草间弥生。

当年支撑康奈尔在超现实体验中保持清醒的意念力同样帮助草间弥生在这场与自身精神世界的搏斗中取得全胜：保留灵感的同时保持不被吞噬。

草间弥生，这个康奈尔眼中的少女以乖张的方式，少女了一辈子，也以疯狂的方式清醒了一辈子。大概正是这种置身酸腐溶液而不消融般的“顽强”让永远清醒奋进的安藤在赞叹的同时，选择敬而远之。

爱是捕风

如果不是台风要来的新闻随处可以听到、读到，我大概不会想起，黄碧云曾经写过一个爱情故事。纯粹而悱恻的爱情故事。

真奇怪是吧，黄碧云居然会写爱情。

督察赵眉和飞行中尉张迟认识十多年了，曾经是同学，后来在警队相逢。再遇见张迟，赵眉没有什么好惊讶，尽管没有他，她的生活也是一样。但是赵眉知道，她的生命里总是会遇见张迟。两人拥抱过两次，没有故事。然后在一个飓风季，他俩听从上司命令，将救援飞机开进风暴眼中的宁静。出发前，她在身后喊他的名字，他没有听见。后来，当风暴来临，最危急的时刻他在身后推她一把，将她留在这个世界上，去体会各式各样的痛。痛的名称，痛的级别。痛的轮替与反复。

这是《媚行者》第二章中的一个故事。或许是黄碧云所有故事中，本质单纯的一个故事。

赵眉后来想起，出事前的两年，张迟笑着说：我死了，就不能伴在你身边。

他们遇见的那场飓风叫仙娜拉。

故事的最后说，从不爱与忘怀之中，才能得到自由。

我想这或许是可能的。

然后我又想，为什么这些摧毁一切的台风，它们总是有个动听的名字？

原来每一种罪都叫人心醉然后心碎。

结尾：命运的指纹

一年快要过去的时候，决定去看这世界上最高的山。仿佛只有这样，才能为这任性的一年画一个般配的句号。

秋天的旅行。心沉甸甸的，像正要熟透的苹果。看过去，凡事都带着盼望。

出发

西藏的出租车滚动播放着这么一句广告：天下没有远方，人间都是天堂。在我这个远道而来的人读来，更添意味。窗外的街道在上午 9 点开始苏醒，嘈杂的市声与我曾路过的任何城市并无不同。

除了海拔。

高反让我心跳加剧，耳鸣不断，时间的流逝也因此显得节奏不明。而高原的天要等大约 10 点才正式暗下去。所以我以酒店度母像前的供水碗摊开收起为标准，计算着一天的流逝。

我也从不知道，日光之城拉萨原来有这么多雨水，傍晚的时候，常有一雨成秋的气势。

驾车驶过布达拉宫前的广场，有种穿越教科书的感觉。太熟悉布达拉宫正面的堂皇，原来从侧面远眺，暮色中的布达拉宫俊美寂寥，像一个沉思的侧面，等不到心上的人。

出发前到大昭寺祈愿。文成公主以中国风水理论镇恶道之门，用山羊驮山填湖建造大昭寺的故事流传已久，它同时开创了西藏平川式的寺庙格局，在藏传佛教地区地位殊胜。寺中历经战火终得保全的十二岁身量之释迦佛像是世上三尊释迦牟尼等身像之一，由释迦牟尼亲自绘图，描画出自己十二岁时模样。在光线暗淡的主殿内遥望这尊鎏金铜像，不太相信时光已过去这么多年。如今有藏民不远千里带了热热的酥油茶来供奉，也像一千多年前一样。

最叫人动容的是大昭寺门口与院墙外磕长头的藏民们，那样专注，衣衫已经破损，满面尘霜，他们早已将俗世的物质享受等闲视之。我也想象不出任何世间的愿望配得上如此虔诚，但若以祈愿的实现与否去测量信仰之深浅，终究是肤浅而徒劳的。

问街角的大娘买了桑枝，投入白塔，祈愿所有远行的人一路平安顺遂。

第三天一早，我站在酒店入口的斜坡往外打量，连绵的苍山。又回头看看这辆要随我去珠峰大本营的 SUV，旁人眼中一定是若有所思的模样。这中间我们将经过卡若拉冰川、嘉措拉山口，以及平均海拔 5200 米、来回 200 多公里的搓板山路。

我们都更属于城市，又都对彼此的极限满心好奇。所以这一路必定妙趣横生。

经过

车离开拉萨，经过雅鲁藏布江源头，数十公里平缓高速路之后即是上山的路。

逐渐升高的海拔以及越来越频繁的发卡弯，开始在人和车上显现威力，发动机的声响如绵长的鼻息。当我们驶入迷雾，羊群的铃声隐没，取而代之的是牦牛群，它们静默地站在陡峭山坡上，对经过的车辆视若无睹。

在看到羊卓雍错之前，最先看到的是海拔 4990 米的岗巴拉山口，山口挂满彩色经幡。藏民相信风会将经幡上的祝福吹送到风力所及之处，所以他们不畏艰难也要将经幡挂在山谷之间。

羊卓雍错是喜马拉雅山北麓最大的内陆湖川，与纳木错、玛旁雍错并列，为西藏三大圣湖。隔着飘忽不定的云雾俯瞰海拔 4441 米的羊湖，如同俯视梦境。青灰色山峦之间，那道明艳的蓝绿色水光有着自己的生命，让人想起“眼波流转”这样的字句。

在停车区休息，检查发动机与轮胎，一切正常。突然刮来的风吹散云雾，羊湖如碧色珊瑚枝延伸向天际，而显现在湖光山色尽头的是积雪的宁金抗沙峰，这座高达 7206 米的雪峰巍峨险峻，是西藏传统四大神山之一。

云层很快再次聚集，沿羊湖向卡若拉冰川进发的路上下起雨来。中途在小镇浪卡子的拉萨餐厅吃了午饭，菜式很丰盛，有风干牛肉、土豆炖肉、凉拌西红柿以及鸡蛋炒饭。一上午 2000 多米的海拔差异终于还是发挥了威力，在餐桌前一坐下来就听见太阳穴嗡嗡响，是血液极速流过血管的声响，简单的几级台阶也可以让我充分领会什么叫举步维艰。世界仿佛隔着层膜，这身外的一切是场明晃晃的梦境，梦里有俊美的少年，说来就来的雨，说散就散的云。餐厅老板熟门熟路，利落地端来酥油茶，两杯下肚，觉得手脚重新属于自己，心脏也重返胸腔。

这一餐过后，我们将跨越 4330 米的斯米拉山口，抵达大陆冰川：卡若拉。

著名的 318 国道路况良好，半小时之后雨势停歇，卡若拉冰川在望。

卡若拉冰川发端于山势险要的宁金岗桑山，她孕育了 100 多条冰川，而其中面积最大的就是卡若拉，达 9.4 平方公里，背靠神山乃钦康桑。迎着冰川间的飓风，车战胜湿滑的地面，开过 30 度的斜坡，来到冰盖下。白得耀眼的冰帽从平缓的顶部悬垂直下，气势冷峻，如蓄势待发的巨兽，站在山谷边缘，仿佛还能听见层次分明的冰塔林间回荡着冰层消融张裂的脆响。

随着温室效应的加剧，这头冰雪巨兽不知还能在黑色山岩上停留多久。它无奈而静默地看着这些来到它面前震惊感慨，然后匆匆离去的渺小人类，承受着他们带来的伤害与命运。

因为下雨，天色暗得很快，余下的路途我们并未再做停留。经过江孜之后，夜色如同突然坠下的黑色帘幕。粉红色的江孜古堡在车窗外匆匆掠过，迎接我们的是这一夜的中转站：日喀则。

日喀则的大雨一夜未停，大有胜过拉萨的意思。山脉的暗影后是横向的闪电。当地人说这是因为在这片土地上没有作恶之人，所以闪电不会降下。

这样的天气状况，很可能会在嘉措拉山口错过远眺珠峰的机会。除了欣赏雨中的群山，我只有暗自祈祷。

经过318国道5000公里纪念碑后，祈祷被垂听，浓云散去。待抵达拉孜，晴空万里，日光简直像这里最著名的藏刀一样锋利。

前面迎接我们的依旧是无穷无尽的盘山路。但高原的天气善变无常，抵达海拔5253米的嘉措拉山口时，浓云再次聚集，经幡在冷灰色雾气中猎猎作响，远处绵延的雪峰若隐若现，没有珠峰的影子。

傍晚抵达小镇定日，整个小镇风尘仆仆，旅馆内没有电，没有热水。刚停好车，群山即迅速隐没于暗夜，气温急降。小心翼翼点好蜡烛，发现每走一步都心跳加剧，只有把能找到的被子都堆在身上，尽量保证睡眠以应对明天的艰难路况。

第二天摸黑吃过说不出味道的早饭，天没亮就出发。过边防后迎接我们的是 110 多公里肠道般的盘山路，路况只能用极差来形容，飞扬的尘土中能不断听到碎石撞击车的脆响。这段石子路的平均海拔为 4800 米，既想尽快通过以减少折磨，又必须注意车速以保护轮胎和悬挂系统，在这矛盾挣扎之间，天色亮了，霞光突至，我们如挣脱引力一般驶出黑暗，顿觉轻松不少。

大约三个小时之后，我们终于抵达海拔 5200 米的珠峰观景台。恰好是 9 月 1 日，学校开学的日子，而我和我的车如忐忑又天真的学生，经受住了最艰难的第一场考验，交出了及格答卷。

远处，珠穆朗玛峰在晨曦中，白得如此纯粹耀目，山腰的一线云仿佛是她在叹息。眼睛适应了光线，逐渐辨认出旁边的洛子峰、卓穷峰、马卡鲁峰，以及章子峰。

不知道是因为高反还是激动，那一刻心跳失去控制，随时要爆出胸腔。我明白站在世界之巅要付出怎样的代价，但此刻在这金色的晨曦中迎着刺骨冷风，我想象着最初为这些山峰命名的人，他们如何沉思推敲，寻找合适的字眼，如同在星空摘下一颗形状确切的星。让后来人在一一说出远方这些山峰的名字时，觉得幸福而神圣。

而在很久很久之后才来到这里的我，感到多么庆幸，这世间还有如此壮阔的景色值得你不远万里，历尽艰苦。

抵达

接下来就是这次旅途的最后一段，也是最艰苦的一段：前往珠峰大本营的路程。

山寨村落间的土路似乎更适合牛群与马匹，碎石和浅坑让路面如同搓板，再厚的手套都无法抵御震动给双手带来的痛感。而我们的车以城市 SUV 的性能与如此艰难的路况对抗，维护着自己的威名。爬坡、入弯，发动机稳妥如常。我看着远处的天色，只想赶在远方席卷而来的浓云之前抵达大本营。

高原的天空真像命运，简单明晰又变幻无解。

当珠穆朗玛峰终于出现在山路尽头的时候，我要比预想中平静许多。哨兵登记身份信息，讲解注意事项，经幡在风中飞扬。

这一路就是这样，仿佛万水千山走遍，我只是看它一眼，然后转身道别，原路返回。我和世界第三极之间，始终有8 公里的距离，或许这一生中，这已是我们最接近的一次。

告别

回程经过一个小村庄，村口有座石头花园，围墙以石块垒成，里面是一片雪白与绛红交织的花海。我永远都不会知道这座花园属于谁，但那一层层用心的痕迹，在暮色中确凿无疑。让我想起那些都市里的爱情故事，也曾经百转千回，最后潦草收场，悄无声息，没有土壤培养这方水土才有的直截了当。

回首这一路上，可能是因为高原反应，可能是路途劳顿，常常大脑一片空白，想不起来为什么要如此周折，如同常想不起墨镜放哪儿了。但或许想不起原因却依旧这样努力去做的事，才是最正确的。

下山的路上车胎被尖石割破，天色将暗，等待的间隙我坐在行李箱上看山谷间的雨，雨像帘幕一样挂在山与山之间。左手大雨，右手晴天。

一路沉默的他突然走到我身后说：你看那山的纹路，像不像指纹？

这个陪我去看世界最高峰的陌生人。

我点头。我们一起看着喜马拉雅山脉在暮色中曼延，雅鲁藏布河谷雾气升腾。

这些年坚持旅行，求的不是陌生风景带来的愉悦或短暂逃离给予的慰藉。我求的是一小段距离，像退后一步望入镜中，如此那些在我内心的才能被清楚地看见。

就如同此刻，我看见山河绵延成命运的掌纹，那是余生的样子：太阳好像永远不会落下，村落有群山守护，苍生有众神庇佑。

而我，终于遇见你了。一切如此简单，明了，开阔。

这一路就是这样，仿佛万水千山走遍，

我只是看它一眼，然后转身道别，原路返回。

见信如晤

这封信写给在南方的你。

今天下午我躲到地下车库某个没有信号的昏暗角落，停好车，觉得那么安全，像躲在地底。

在仪表盘的微光里，我想，或许该写封信给你。

亲爱的你：你好吗？如果我站在你面前问你这个问题，你大概会答："你，是猪吗？"然后我可以高兴地答："是的啊。"

但是我不在你身边。所以，回答我，你好吗？

你好吗？我很好，谢谢你。不客气。

其实我早已经习惯了这种孤独。这些年来它没有摧毁我，当然也没有成就我。它只是一个很好的伙伴，教会我如何沉默，怎样遗忘。它也教会我看顾自己的心，像照料一堆风中的火。但是此刻，我如此想念你。

生命是一个，你不断追逐寻找，然后一一放弃的过程。像快步奔向一堵堵高墙，然后再一步步后退。因为那些渴望、占有和疼痛，都不是你想要的。但只有拥有过，你才可以这样说。退到最后，只要一支笔一张纸，就觉得安稳。

只是这纸笔之间，也不仅仅白纸黑字。有爱与恨，有追忆和向往，有你我的一生。

102 年前（竟已过去了一整个世纪），二十四岁的林觉民在广州起义前夕给妻子陈意映留下绝笔《与妻书》。那句“吾至爱汝，即此爱汝一念，使吾勇于就死也”，使我第一次知道笔纸竟可以了却两个人的一世情缘。

他赴死时用的是同一腔爱过她的热血。年少懵懂，不明白这样的深情究竟是滚烫还是凛冽。要到资讯发达的网络时代，手写书信已成古董的时候，我才知道这封信抵达的一年后，陈意映思念过度，抑郁成疾离世。

如此再读这信，是透心的冷。陈意映一定想过要追问：你为何要以这样的告别与我不告而别?

我最喜欢的五言绝句《问刘十九》看来也像是封短信："天快黑了，大雪将至。朋友，来喝一杯吗？"笔墨未及干透就该嘱书童快步送到朋友府上去了吧。

写这首诗时的白居易已届晚年，当年的豪气与抱负早已在江州司马任上化作一襟晚照，也曾泼墨如雨，但如今"面上灭除忧喜色"，只想知道，你愿意来陪我喝一杯吗?促膝长谈，借酒御寒。窗外千山暮雪，而手边噼啪作响的炉火与自家酿的新酒，就是以默契成就的温暖宇宙，世事与他们再无关联。

学生时代喜欢的作家钟晓阳时常在文字里展露远超越年龄

的成熟洞见，唯一与年龄契合的那篇《哀歌》正是一个女孩在分别多年之后，写给少女时代那个恋人的信。

信中，她娓娓诉说两人的相遇相处相爱，以及别离。时间如旧金山湾的迷雾湮没了告别后的那些岁月，也隔绝出无法跨越的深渊。但她依旧在辗转之间得知，当年桀骜不驯的爱人终于实现梦想，漂泊海上以捕鱼为生。站在旧金山街头，她听别人带着奇怪的神情告诉自己：他的船以你的名字为号。

年轻时曾逃离家庭，在阿马尔菲海岸以捕鱼为生的 Toni 终于回到岸上，后来他在外滩的一家餐厅对我说：“你看我眼角的这些皱纹，这是渔夫才有的皱纹，我们以此识别同道。”《哀歌》中那个倔强的女孩，就是爱人心上的皱纹吧，是一笔一画写进他心底的旋律，会在那些扬帆的日子里，语调哀伤，轻轻吟唱。

我是如此喜爱写信。不知算巧合还是必然，后来我得以完成自己的第一部小说，最后也以一封信作为结尾。因为编辑说：再写点什么吧，让他们自由。

我在 2008 年深冬南飞的航班上写完了男主角给女主角的信。倾诉前尘往事，以及那些来不及表达的深情与遗憾，陪伴与等待。下飞机穿着羽绒服站在焐热的香港街头，觉得信里那些百结的柔情与牵挂于我来说，或许只是“夏虫语冰”，直到此刻，我在想念里给你写这封信。

原来这世上有种感情，可以在默默无声里呕心沥血。你会否原谅我的笨拙？

或许就是这样，写下来即是命运。我们每个人的历程都是一封封等着寄出被展读的信。我在收信人那一栏的空白里填上了你的名字。

你收到我的信（心）了吗？

2018
三月
March
1 2 3
4 5 6 7 8 9 10
11 12 13 14 15 16 17
18 19 20 21
25 26 27 28
ニューヨークが生んだ伝説
写真家
ソール・ライタ
BYREDO
MISTER MARVELOUS
FIGUIER

生命是一个，你不断追逐寻找，
然后一一放弃的过程。

小说：孤独患者

那间会议室简直就像是宇宙黑洞，投影仪的光线之外漆黑一片，让人在咽口水的间隙忍不住猜想窗帘的厚度。而我们整个团队准备了月余的营销策划提案，只换来甲方负责人一个高深莫测的表情。末页那句硕大的 Thank You 渐渐隐没，像是在嘲笑我们的不知深浅。

呕心沥血换灰飞烟灭。

走出会议室，美丽的前台小姐以娴熟的手势按键打开感应门，头都懒得抬。也是，你不能要求流水线上的工人拥有充沛的感情。我盯着手里的名片——此行的唯一收获，目光灼灼恨不能烧出洞来。

Rui Fu，企划总监。

“还记得我吗？”身后有个人问。正是会议桌尽头那块攻不破的万年玄铁：Rui Fu。

我扭头看他，眼睛的角度尽量不斜。

记得。就算被宇宙射线辐射百万次我都认得。5 分钟前正是他抬一抬手就否了我的提案。想到那些加班加点无论魏晋的日子，牙齿咯咯响。

“付总。”我尽可能快地切换一个专业笑容，不着痕迹地把他的名片放进口袋。

“没吃早饭吧？脸色不大好。”他说，“来，我请你喝咖啡。”

电梯叮一声停了，他大踏步走进去，伸手挡着电梯门，分明不给我拒绝的机会。

“你的提案，已经比前三个出色很多。”他说。

前三个？我看下手表，上午 9 点 5 分。他们是什么作息时间啊。果然，俗话说得好：Devils never rest（魔鬼从不休息）。

“谢谢付总的意见，对我们颇有指导意义。”我虚应着，心里默默拼写：d-e-v-i-l。

在大堂咖啡座，我握着第一次由甲方买单的咖啡，不死心地想做最后一搏：“付总，以后不知道还有没有机会向你brief改进过的提案……”

“你真的不记得我了。”他叹息。

从来没有遇到过如此感性的甲方，疑惑、忐忑、好笑，各种情绪交织，最后我只得用几乎震惊的神情看他。

“班长……”他虚弱地说。

“你……你是……”

他是付汝文，妇孺，有辱斯文。这大概是他的名片上只有英文名的真正原因吧。

“那我们打开天窗说亮话，这次投标底价多少？”我一下挺直了腰杆，恨不能摩拳擦掌。

“晚饭时候告诉你。”

结果是，我在吃过大概 15 次烛光晚餐与 20 次大排档之后，依旧不知道底价。

为表示自己也有尊严，这个周末我拒绝了付汝文的邀请，去妈妈家吃晚饭。晚饭后她搓着衣角，趁朱叔叔去泡茶的间隙踌躇半晌对我说："今年的大年夜，你还是去看下你爸。"她踌躇得让我误以为离异多年还余情未了。

我一边点头应承，一边从包里掏出一沓簇新的现钞放到她手里："我的年终奖，给你派红包用。"老实说，要是能拿下付汝文的单子，这沓现钞会厚得多。她略做推辞，收下了。又问："那红包你买了吗，不会忘了吧？"
"你自己去便利店买吧。"我揉一揉太阳穴，"最近忙，忘记了。"

她点点头，算是原谅我的这点疏忽。过年她都希望我能去爸爸那边，当然不是怕我爸孤单，主要是不希望我和朱叔叔家的孩子打照面。她改嫁朱叔叔时，他的一双儿女并不比我年长多少，但如今都已成家，孩子都上幼儿园了。我呢？孤家寡人，连个正式男友都没有，真正的输人输阵。她愁容满面地送我出门，好像还有心事没有机会说。

我没有告诉她爸爸并不想见我，他甚至没接我的电话。这是我爸的好处，直截了当，不在没可能的事情上多费唇舌。他们的婚姻或许已是他能做的最漫长的一场妥协。

记得小学五年级那年，我照例在开学前上门去问我爸要学费。应门的时候他手里拿着一只新书包，那种明亮的粉绿色，仿佛清晨还沾着露水的苹果叶子。只是，到我走都没摸着那书包。这些年他并没有再婚，立意游戏人生，所以事到如今我都不知道他那只书包究竟是为谁准备的。那次回家我破例跟妈妈要求买只新书包。她倒也不意外，只是心平气和地问："你说，我哪里来的闲钱？"与我打商量的语气。所以我很早就懂得，不是每个人都有任性的权利。

大年夜一个人过。我在空荡到要哭出来的超市里采购速冻食品，外面偶尔有烟花的声响，像远处的闷雷，但传到耳中余威犹在，震得人头皮发麻、心肝俱颤。值班的中年店员阿姨用近乎同情的爱意目光看着我。
手机响。付汝文。

"你在哪里？"
"啊，付总，新年好。"

“新年好。你在哪里？”

“度假呢，亚马孙丛林。”我将一袋打折的速冻三鲜饺子放进购物车。

“你在丛林里煮饺子？我以为他们更爱生肉。”没等我解释，电话那头的他已收了线。

他从生鲜蔬菜区走出来，黑色高领毛衣，洗得很旧的牛仔裤，手里拿着一袋盐和一把葱。还……蛮好看的。我在心底客观地评价道。

“走，去我家吃晚饭。”

简单的家常便饭，连只烤鸡都没看到，更别说蜗牛了。是以桌上那瓶红酒与一对水晶高脚杯略显浮夸。我大概露出了失望的神色，并且没有来得及掩饰。

“你希望看到什么，酒池肉林？”付汝文没好气地问。

“据说年过三十还单着的男人，都有隐衷。”攻击是最好的防守。

“也有女同事向我示好，表示欣赏，我觉得她眼光有问题。你看，你的品位就好，总是很嫌弃我的样子。”

我的防线溃不成军。

整个春节他都变着法子做好菜，每逢佳节人寂寞，我一时不察，从吃晚饭演变为留宿，却一点甲方的秘闻都没探到。

我的节操一定是被满天的烟花炸成了灰。春节过后，很快又从在他住处过周末恶化成长住，因为他愿意顺道送我上班。清晨站在冷风里为两块钱坐公交还是四块钱搭地铁这种事计较，并不能显得你有多聪明。时常需要出差，租的小公寓使用率还比不上酒店，所以干脆退掉，这样一来，每月的薪水居然有了盈余。

付汝文说："两个人住更符合经济学原理，绿色环保。"

上海的冬天是可与南极媲美的。下班后我直接躲进被窝里看美剧，直到付汝文加完班回来。他一边开暖气和油汀一边问："这么冷，怎么不开空调？你以为灯光可以取暖吗？"

这大概是他说过的最浪漫的话。
泪水突然就下来了。

"为什么哭？"他习惯了我都市白骨精的风骨，被突然从天上掉下来的林妹妹吓到，愣一会儿才过来用指尖轻轻抚摩我的眼角。

我在他怀里找个最舒适的角度蜷起身体。

“小时候，我在火车站迷路了。”
“然后呢？”
“那年我十岁。”
“然后呢？”
“那年我爸爸和妈妈离了婚。”

他紧紧抱一抱我，依旧问：“然后呢？”他真是个谈价钱的高手，声音这样温柔，却比最严厉的刑讯逼供都有用。我发现自己的意志都随眼泪流进了下水道，那些千辛万苦才得以在脂肪下藏妥的心事，差点就全部倒出来放到他手里。

“日子很苦，我妈不是个坚强的人。”
“然后呢？”
“其实是她把我扔在火车站的，但半路又后悔了，回来把我领了回去。”
“傻瓜，是你走丢了。”他又紧紧抱一抱我。

“不，是她不想要我了。”

“你是猪吗，谁会舍得不要你？”

但我记得很清楚。

那年冬天，妈妈第一次去同事介绍的相亲对象家吃饭，带了我去。上海的冬天真冷，那个叔叔看我冻得跺脚，开了油汀。我从没见过那么暖那么亮的光，好像世界上所有的不快乐都能融化在里面。那个下午我守着油汀，舍不得离开半步。

但是他们没有成。介绍人来传信的那天，妈妈在卧室哭了。

“那天你怎么开了油汀？那东西多费电你知道吗？”

吃过晚饭，她突然说：“我们出去走走。”

大概是因为内疚，我什么都没有问，冒着冷风跟她一路走到火车站广场。“你在这儿等我，知道吗？”

我在广场那个寒冷的角落里等了 2 小时 43 分钟。我确切记得那分分秒秒，因为每隔 5 分钟我就去看一眼广场那座高悬的大钟，“上海站”三个大字是血一般的艳红。当妈妈的身影再次出现在人群中时，我把眼泪忍了回去， 只怕她又因心烦改了主意。我不知道她为什么后悔，这些年都没想明白。但或许她就是这么一个人，做什么都缺少决断。

“你记不记得有一次你考了第二名，放学后在教室里哭？”付汝文问。没齿难忘。

那时候妈妈嫁给了朱叔叔，中间几年的辛酸，不足为外人道。想起自己以后要从一个陌生男人手里讨生活费，哪儿有脸面拿第二名。

“那次考第一名的人是我。”付汝文自顾自说下去，“看你哭得那么伤心，我暗自发誓一定要补偿你。”

“那你还否决我的提案！”

“这种小案子无关痛痒。最主要的是，公司规定不可以与有业务往来的乙方有不正当关系。”

“这么说，我们是不正当关系？”

“嗯，不正当男女关系，确切来说。”我破涕为笑。

“你喜欢我什么？”付汝文问。

总不能深情款款地回答：“我喜欢你傻。”所以我心虚地笑。

“答不上来才是真爱。因为爱情是模糊混沌的，是不可以被分割的各种感觉的融合。”他说。

我伸手揉他头发。为什么我的所有问题，他都有好答案？

他是通话结束时等别人先挂电话的人。用微信之后，他也总是负责结束对话的那个人。

我不适应凡事须与人报备，且对方在我看来不过是个偶遇的陌生人。他却自动抹去我们分别后那十几年的距离，安适地过起日子来，心安理得地问：亲爱的，卫生纸用完了吗？

以前只有我妈妈曾用这样商量的语气和我说话，她问：你说，我哪里来的闲钱？
他时常比我晚下班，如果遇上我做提案，会抽出休息时间来给些专业意见。
“为什么你PPT最后一页的Thank You总是设置成渐隐？”
“大幕终于落下的散场感啊。”我得意地回答。他回以一个拿我没办法的无奈表情。

开春的时候，朱叔叔突发心梗，抢救了几天，在重症监护病房打了个回转又康复出院。出院的那天我下班去看望。

妈妈来应门，她在防盗门后狐疑地问：“你是谁？”随即又突然醒悟过来似的说：“今天下班怎么这么晚？”

朱叔叔恢复得不错，他神色里的担忧不是为他自己：“你妈最近总是丢三落四，昨天出门找不到回家的路，遛弯的邻居送她回来的。”

临走，我忍不住和她商量：“妈，我们去医院检查下吧？”

“我没病。”

“我知道，但检查下保险。你看朱叔叔……”

“比他早走，也蛮好，是福气。”她这话却不是赌气，我知道她是当真这么想。

只差那么一点点，就要失去多年依凭，这声警钟提醒了她来日注定的结局。或许是在医院里耗尽了仅有的坚强，或许是知道结局无法避免却又无力面对，她决定推倒记忆的围墙，让意志崩塌。而她自顾自沿着断壁残垣走过去，走向那已经发生过的再不会重复的安全的黑暗里。

确实，也蛮好。

回到付汝文的公寓，他烧了一桌菜，目光灼灼地说：“跟你商量件事。”我突然一阵心慌，真怕他取出蓝色丝绒盒子来。

“我拿到去纽约总部进修的机会，两年。跟我一起去，好不好？”

“我可以考虑一下吗？”

“当然。”

电话在半夜响，我妈的号码。说话的却是朱叔叔。

“刚才你妈说要去火车站，我劝不住。想说陪她去，正穿鞋呢，她自己先跑了……”

我挂了电话，披件外套，抓了付汝文的车钥匙冲下楼去。

车站一带早已经不是当年的样子。她茫然地站在空荡荡的广场中央。

“妈妈。”我隔着几步远的距离喊她。

她听到我的声音转过身来，像溺水的人紧紧握住我的手，神情焦灼：“我女儿不见了，你帮我找找。你是好人，你帮我找找。我女儿不见了，我女儿不见了……”

我说不出话来，满脸都是泪，却不知道自己在为什么哭泣。其实很多时候都是如此吧，你并不知道自己在难过些什么。但活着本身就够你难过的了。

“妈，我们上车去找。”或许是我镇定的语气安抚了她，她把手递给我，顺从地跟我走。原来她的手这么小，这么瘦。我带着她，在午夜空荡荡的高架上兜了一圈又一圈。直到她在副驾驶座上沉沉睡去。

回去的时候付汝文洗漱完毕正准备去上班，他什么都没有问，给我沏了咖啡。我踌躇半晌才说："家里有点事，下礼拜不过来了。"当时的神态，一定像极了我妈。

他还是什么都没问，只是点头："需要帮忙的话，尽管说。"

为了这份宽容，我想我余生都感激他。

我打电话去公司请假，到几家医院的精神科与脑科做了咨询，考虑到她的年龄，医生的建议是找一个专业的护理。又与朱叔叔商量过，我们决定骗她说孙护士是保姆，负责他俩的饮食起居。

"为什么花这个钱？"她很不乐意。

"你也得为朱叔叔考虑，他的身体需要好好调养。"我耐心解释，"费用我来出。"

回去上班第一件事，就是去和老板谈离职，听清楚原委，他没有再挽留。我要离职的消息很快就传了出去，猎头在电话那头说："KC公司的项目即将通过最后的预算审查，马上开始招人，你再等等，简直是为你量身定制的，我敢打包票。”

“俗话说鸡头凤尾，我需要换个朝九晚五的工作，薪水可以低些，不用出差。你帮我留意。”

“明白。”在挂电话前，她小声说，“怎么有种金盆洗手的感觉。”

“哪里去置办这金盆啊。”对着这个大概是世界上最了解我年龄、血型、身高、学历以及过往的陌生人，我可以说一些软弱的话，“不劳而获的事情总听别人遇上，我就从没这运气，总要拿些什么去换。”

再见到付汝文是半个月以后。

“跟我走。”他的笃定里有我无法忽略的恳切。

“不行。”

“公寓都找好了，步行去 MOMA 只要 10 多分钟。想一想，毕加索的睡莲池。”

“我拿到了 KC 的 Offer。”

“就因为这个？”他诧异，抬手的时候翻倒桌上的水晶杯子。他看着地板上的碎片，神情里有莫名的失望。到如今终于又看见他七情上脸，没有掩饰，不知是欣慰还是悲哀。

“我不是你在高中的时候暗恋过的女生了。就像这水晶玻璃杯碎了，你瞧，有些东西碎了是补不回来的。”

“这比喻可真贵。”他又戴上那个嬉笑怒骂的面具，但眼神出卖了他，“真的只为 KC 那个职位？”

“是，一介白领，还有什么更高的追求？我等了足足半年有余。”我低头，避开他的目光，“还有，是莫奈，莫奈的睡莲池。”

都说由奢入俭难，找个相对轻松的工作也花了月余的时间。就在银行存款要见底的时候，收到了新公司的入职通知。职位是项目助理，不用出差，不用 24 小时开着手机。我从客户资料收集做起，以往我希望收到怎样的材料，现在就做成怎样的。很快就有了口碑。在公司上班，好人缘是成功的一半。

“有你在，蓬荜生辉。”新上司说。

薪水不如以前的一半，但不再需要应酬，可以按时下班去妈妈家陪她吃晚饭。有时候她记得我，有时候她当我是孙护士的女儿。当我是孙护士女儿的时候，十分客气。请我吃点心，给我沏茶，还从口袋里掏出我小时候的照片给我看：“这是我女儿，她很忙，下回你来或许能见到的。下次，你还来的吧？”我搂着她的肩膀保证：“来的，放心吧。”照片里那个乖巧的女孩笑得花一样，确实，她才更配做我妈妈的女儿。

每月我把差不多全部薪水存进银行，以备不时之需，又开始思考诸如花四块钱搭地铁还是花两块钱搭公交车去上班这种问题。

出发前，付汝文发来一条短信，只有我的姓名和航班信息。我看了半天，按下删除键。不知道为什么想起第一次重逢时他在会议桌末尾做的那个手势。如果有人问，我会毫不犹豫地答：是，我想跟他走。但没有人问。转眼又是一年，年末飞机稿满天飞。

浑水好摸鱼，我们这么一家小公司居然也拿到了去 KC 比稿的机会。同事出发前，老板开誓师大会：“成败在此一举，新上任的副总裁今天会亲自参会。前台小姐告诉我的，大家不可掉以轻心！”世风日下，不对，是人心不古。当年那些连头都不肯抬的前台如今都懂得私下透风了。

一个小时后，座机响：“快送电脑电源线来，真是百密一疏！”老板在电话里气急败坏地说着成语。我啼笑皆非地抓过电源线奔下楼打车，想不到自己竟是这样进的KC大楼。

会议室大门打开的那瞬，我仿佛穿过时间隧道，回到了那个冬天。会议室尽头依旧是那块万年玄铁：付汝文。

我将电源线放下，转身轻轻走出会议室，不过几步远的距离，却感觉背上已插满刀子，生疼。

傍晚老板在总结大会上忐忑地说：“到最后一页 Thank You 渐隐的时候，那个付总突然大笑，却笑得跟哭似的。我们的情感策略是不是太感性了？”

这时我的手机振了一下，一个陌生号码传来一条短信：你，是猪吗?

图书在版编目（CIP）数据

练习一个人 / 陶立夏著 .—长沙：湖南文艺出版社，2018.5
ISBN 978-7-5404-8601-3

Ⅰ . ①练… Ⅱ . ①陶… Ⅲ . ①随笔—作品集—中国—当代 Ⅳ . ① I267.1

中国版本图书馆 CIP 数据核字（2018）第 051000 号

上架建议：畅销 · 文学

LIANXI YI GE REN
练习一个人

作　　者：陶立夏
出 版 人：曾赛丰
责任编辑：薛　健　刘诗哲
监　　制：毛闽峰　李　娜　刘　霁
特约策划：李　颖　杨　祎
特约编辑：王　静
营销编辑：田安琪　杨　帆　周怡文
封面设计：张丽娜
版式设计：利　锐
封面摄影：猪老三
出版发行：湖南文艺出版社
（长沙市雨花区东二环一段 508 号　邮编：410014）
网　　址：www.hnwy.net
印　　刷：北京市雅迪彩色印刷有限公司
经　　销：新华书店
开　　本：775mm × 1120mm　1/32
字　　数：140 千字
印　　张：8.5
版　　次：2018 年 5 月第 1 版
印　　次：2018 年 5 月第 1 次印刷
书　　号：ISBN 978-7-5404-8601-3
定　　价：52.80 元

若有质量问题，请致电质量监督电话：010-59096394
团购电话：010-59320018